COLLECTION FOLIO

Michel Déon
de l'Académie française

Les trompeuses espérances

Gallimard

Michel Déon est né à Paris en 1919. Après avoir longtemps séjourné en Grèce, il vit en Irlande. Il a reçu le prix Interallié en 1970 pour *Les poneys sauvages* et le Grand Prix du roman de l'Académie française en 1973 pour *Un taxi mauve.* Il a publié depuis *Le jeune homme vert, Les vingt ans du jeune homme vert, Un déjeuner de soleil, « Je vous écris d'Italie... », Ma vie n'est plus un roman, La montée du soir, Je ne veux jamais l'oublier, Un souvenir,* et rassemblé quelques souvenirs dans *Mes arches de Noé* et *Bagages pour Vancouver.* Il est membre de l'Académie française depuis 1978.

Pour Françoise S.

Considère, mon amour, jusqu'à quel excès tu as manqué de prévoyance. Ah, malheureux ! Tu as été trahi par de trompeuses espérances.

La Religieuse portugaise.

Ce matin de l'été dernier, quand je poussai les volets, la Méditerranée n'était pas encore bleue. Elle tirait sur le gris sombre, et une houle venue du large la creusait à hauteur de la pointe de la Vecchia. Sur la gauche, dans le sentier qui serpente à travers la pinède, apparut Giacomino. Nous étions aussi ponctuels l'un que l'autre. Depuis mon arrivée, je laissais entrer le jour dans ma chambre au moment précis où notre carabinier commençait sa tournée. Une seule fois, je ne m'étais réveillé qu'à sept heures et demie. En ouvrant la fenêtre, j'avais aperçu Giacomino qui courait pour rattraper son retard. Le soir il me racontait que Concettina, sa fille, venant d'accoucher, la maison était en révolution. Le lendemain, nos vies reprenaient le même rythme. L'exactitude militaire semblait être son point d'honneur de brigadier.

Bien qu'il fût encore à une centaine de mètres, je reconnus tous ses gestes tant ils m'étaient familiers. Au dernier pin, Giacomino marquait un temps d'arrêt en posant son pied droit sur le parapet. Ce rivage lui appartenait. Il y promenait l'œil du maître et y faisait respecter la pudeur avec une bienveillante indulgence envers les étrangers, une sévérité bonhomme à l'égard des Italiens. Mais l'été dernier, Giacomino n'avait pas grand-chose à surveiller : la mode n'était plus aux maillots exigus.

Après avoir dompté du regard son domaine, le carabinier tirait une cigarette de son étui à revolver, la flairait et la plantait bien au milieu de ses lèvres, sous la moustache grise. Il ne l'allumait qu'après avoir longé la plage, avant d'aborder l'escalier de ronde qui monte à droite vers la tour sarrasine et le village. Nous étions sans doute, lui et moi, les seuls à aimer ce moment du matin, ce silence d'une heure indécise. Les autres, dans la maison jaune, dormaient encore : Inès dans la chambre au-dessus de la mienne, M. Barbe au rez-de-chaussée avec Mme Barbe qui ronflait légèrement vers minuit, Victor et Jean dans leurs lits jumeaux, la grosse Mlle Aston et son caniche, le couple de Montmartrois, et Michel de l'autre côté du palier. À part Inès qui allait quelquefois se baigner vers six heures du matin et remontait, grelottante, pour se coucher de nouveau et ne plus bouger, ils restaient plongés dans une espèce de léthargie bienheureuse jusqu'à l'arrivée bruyante de Carlo.

Le maître baigneur s'amenait en sifflotant *Maruzella,* une rengaine napolitaine dont il ne connaissait que le refrain. Il avait la clé de la cuisine du restaurant accoté à notre maison. Je l'entendais ouvrir les robinets et purger le percolateur pour les cafés du matin. Son apparition jetait la panique parmi la douzaine de chats galeux qui se battaient en poussant des miaulements lugubres sur la terrasse protégée par une treille. Adroit comme un singe, un plateau dans chaque main, Carlo montait les premiers petits déjeuners. D'abord chez

Inès où après avoir frappé, il ne s'embarrassait guère d'une réponse. Deux ou trois fois la jeune fille avait poussé un cri révélant que l'innocent Carlo ne lui laissait pas toujours le temps de se présenter décemment. Il arrivait ensuite chez moi, hilare quand son coup avait réussi. Musclé, le cheveu bouclé, le visage bien sculpté, la peau brûlée, Carlo malgré sa petite taille aimait passer pour un séducteur irrésistible.

La maison une fois réveillée, il retournait sur la plage pour ôter les bâches couvrant les barques à rames et les périssoires échouées sur les galets devant les cabines joliment zébrées de bleu et de blanc. Puis il plantait les parasols rouges au bord de l'eau, achevant de dresser notre décor quotidien. Mais tout ne prenait vraiment vie qu'avec l'apparition d'Assunta.

Impotente à force de graisse, la matrone du restaurant ne pouvant descendre ni remonter le chemin de la pinède, arrivait du village dans un canot à moteur. Bien assise sur le banc du milieu, son panier à provisions sur les genoux, coiffée d'un foulard qui avait dû être violet, Assunta revenait chaque matin prendre possession de son restaurant. L'accompagnaient ses deux nièces, Nineta et Caterina, seize et dix-sept ans, une petite croix d'or au cou, mais des shorts trop courts. Carlo allait à leur rencontre au débarcadère de planches, s'emparait du panier avant de tirer de ses bras puissants une Assunta pas du tout gémissante, le verbe déjà haut.

Les filles n'avaient besoin d'aucune aide, mais il trouvait toujours le moyen d'en saisir une par la taille pour le plaisir de l'entendre crier. Assunta se fâchait pour rire, puis, en équilibre instable sur ses deux énormes poteaux, trébuchant parmi les galets, elle gagnait sa terrasse, sa cuisine, son fourneau. Nineta et

Caterina venaient alors nous chasser de nos chambres pour les balayer et retaper les lits en un tournemain avant de rejoindre leur tante à la cuisine où Carlo passait gentiment leur flatter la croupe, prenant la fuite dès qu'Assunta et ses nièces le menaçaient d'une louche, d'un rouleau à pâtisserie et quelquefois même d'un sanglant couteau de boucher. J'allais oublier que Giacomino ne nourrissait pas à l'encontre du maître baigneur les mêmes sentiments amusés que nous. Il connaissait son casier judiciaire. Quand les deux hommes se rencontraient, ils se saluaient à peine, avec un grand mépris réciproque.

Ce matin-là, donc, Giacomino descendit sur la plage comme tous les jours. Il boitait légèrement et la pente très forte désarticulait un peu plus sa jambe droite criblée d'éclats sur le front de l'Est pendant la campagne de Russie. Il n'en affichait pas moins une fière coquetterie, et son uniforme de toile beige était impeccablement repassé, ses buffleteries astiquées, ses gros souliers noirs cirés, sa casquette inclinée sur l'oreille.

Giacomino s'avança sur les cailloux que, dans la journée, le soleil chauffait à blanc. En passant sous ma fenêtre, il me fit le signe habituel, mais plus bref comme si une chose venait soudain d'attirer son attention. Il obliqua, en effet, vers la mer. Au bord du rivage, un petit tumulus de galets avait été dressé. Les vagues les plus longues en léchaient l'extrémité. On aurait dit d'un sarcophage. Pour le rendre plus macabre encore un mauvais plaisantin l'avait surmonté d'une croix fabriquée avec deux bâtonnets. Giacomino s'en approcha et d'un geste autoritaire arracha la croix sacrilège. Puis, du pied, il tenta d'écraser le tumulus. Sa jambe malade ne le soutint pas et il glissa en avant, plongeant dans les pierres. Son bras s'enfonça. Il eut un sursaut, se redressa et, à genoux, très vite, commença d'éparpiller les galets...

Je m'aperçois que j'ai commencé beaucoup trop rapidement, que l'on n'y comprendra rien si je ne parle pas d'abord de M. Barbe et des autres. Pourtant, ce n'est pas de lui que j'ai envie de parler, c'est d'Inès, des longs cheveux bleus que, le soir, elle serre sur sa nuque, de ses yeux à l'iris brun pailleté de petits éclats verts, de sa bouche esquissant un sourire un peu blessé, de ses mains qui n'ont pas grandi et sont restées des mains d'enfant aux ongles taillés trop courts. Et comment dire sa voix ? Des accents rauques sur certaines syllabes trahissent une origine étrangère. Cependant, elle pose ses phrases l'une après l'autre, avec une sorte d'application neutre qui trompe son monde. Elle ne dit jamais que des choses simples et c'est par un détour que l'on en retrouve la signification cachée. Elle paraît fragile et l'on se brise contre elle. Son regard est limpide comme celui d'une femme assez sûre de soi pour ne jamais se couper, mais dont pourtant, tout d'un coup, un mot perdu vous laisse angoissé, dérouté. Il m'est arrivé de la détester et de la heurter à plaisir pour la voir pâlir légèrement sous son hâle.

À la vérité, je brûlais l'été dernier de lui raconter

qu'un après-midi, agacé par les vantardises de Carlo, j'étais monté pieds nus jusqu'à sa chambre. La porte ne fermait pas à clef. Inès dormait, écrasée par la chaleur. Les volets clos filtraient des rais de lumière poudreuse. Sur le lit défait, reposait un corps nu à la chair bicolore. Allongée elle paraissait plus élancée que debout, d'autant que ses bras étaient rejetés en arrière, l'un couvrant ses yeux. Inès respirait imperceptiblement et son souffle ne se devinait qu'au faible tressaillement des seins blancs aux aréoles brunes que leur poids écartelait, découvrant un torse plat partagé par la ligne médiane d'un plexus creux jusqu'au léger renflement du ventre. Elle qui, habillée ou même en maillot semblait mince, se révélait ronde, presque grasse, enveloppée comme ces adolescentes dont le corps n'a pas mué.

Le grain de sa chair était d'une extrême beauté. Partout où le soleil et l'air l'avaient bronzée, la peau semblait vernissée, presque laquée, mais sur le ventre, sur la poitrine, le grain se détachait : fin, serré, presque friable. Ses jambes, ses épaules, ses bras cuivrés tranchaient sur la blancheur du lit, sur la blancheur de toute la chambre passée à la chaux. Jamais je n'ai vu de corps aussi lumineusement abandonné. Rien n'était impudique dans cette nudité, sauf les aisselles découvertes et soudain vulnérables, plus claires que le reste, tachées d'une ombre bleue.

Il est étrange de constater que c'est rarement avec un ventre que l'on a envie de faire l'amour. Bien plus souvent des genoux, des mains, une nuque inspirent un violent désir. Pour Inès, je compris que j'aurais offert mon plaisir au creux de l'aisselle si la nature l'avait permis. Un long moment, je restai près de la porte, n'osant avancer de peur de faire craquer une des lames disjointes du parquet. Nous étions là, seuls au monde, et mon cœur se serrait au spectacle de ce corps. L'atteindrais-je jamais ? Le peu qu'elle ne savait pas me refuser un soir, elle le reprenait le lendemain.

Aussi comment expliquer qu'elle ne m'ait donné de l'audace qu'une fois dans ma vie ? Mais une fois décisive. Ensuite, sa présence m'a privé de toute initiative. Voilà plus d'un an que je remontais le boulevard de Clichy. Novembre jaunissait. Il était midi. Devant moi trottait le petit Ballu, cartable à la main. Quand Ballu avait une mauvaise place en composition française, sa mère venait me voir. Elle est danseuse nue dans un cabaret naturiste. On ne le croirait jamais. C'est une exquise brune, au visage rond, aux yeux rieurs, à la voix menue. Je suis allé la voir une fois avec mon cousin qui est professeur à Orléans. Après le spectacle elle est venue boire du champagne à notre table et nous l'avons raccompagnée jusqu'à sa porte, à l'aube, dans un Paris défraîchi. Je parlerai plus tard de la scène du parloir.

Ballu trottait, donc, balançant son cartable. Dépassant une jeune fille qui marchait dans le même sens que nous, il donna involontairement un coup dans le carton à dessin qu'elle portait sous le bras. Le carton vola en l'air. Du papier blanc s'en échappa, jonchant le trottoir. Ballu, effrayé, restait debout, les jambes écartées, le coude prêt à parer une gifle, tandis que la jeune fille ramassait ses feuilles sans rien dire.

— Eh bien, Ballu, voyons !

Il sursauta en m'apercevant, comprit et se baissa. Nous eûmes vite tout ramassé. Elle souriait avec indulgence. Vêtue d'une jupe grise, d'une veste de daim marron, elle cachait ses cheveux sous un foulard rouge.

— C'est un de mes élèves ! dis-je. Je suis désolé.

— Il ne l'a sûrement pas fait exprès.

Le visage terrorisé de Ballu s'illumina. Je lui fis signe de déguerpir. La jeune fille avança d'un pas. Je l'accompagnai. Devant une brasserie, un marchand de frites et de saucisses souleva le couvercle de sa marmite.

— Quelle horreur ! dit-elle. Cela me couperait l'appétit si j'en avais !

— Vous ne déjeunez pas ?

— Non. De midi à trois heures, je suis à l'atelier.

Nous marchions très normalement l'un à côté de l'autre, sans aucune gêne, cherchant un peu nos phrases comme deux êtres qui se connaissent trop.

— Vous peignez ?

La question maladroite et qui, à peine posée, m'agaçait déjà, resta un moment sans réponse. Un couple arrivant en sens inverse nous avait séparés. Je revins à sa hauteur.

— Non, dit-elle enfin. Je dessine. Je n'aime que dessiner. Voici mon atelier...

Elle s'arrêta devant une porte surmontée d'un écriteau : « Académie Barbe ». Un passant la bouscula et je rattrapai de justesse son carton qui allait encore tomber.

— Merci.

C'était un au revoir. Une panique me saisit. Je ne pouvais pas la laisser partir ainsi.

— Y a-t-il un bon professeur ? demandai-je.

— M. Barbe n'est pas un génie, mais il est gai.

— Voilà des mois que je cherche un atelier où je pourrais dessiner et même peindre. Mais je suis paresseux. Vous pourriez être l'occasion qui me décidera. Croyez-vous qu'il y ait de la place pour un nouvel élève ?

— Ça, je ne sais pas. Il faut demander. Montez avec moi.

Un sombre escalier grimpait jusqu'au palier du deuxième étage. Inès sonna. Un jeune homme en blouse blanche maculée de peinture ouvrit. Il avait une curieuse tête, un peu trop jolie, avec des cheveux blonds bouclés.

— 'jour, ma cocotte ! dit-il. Tu es en retard.

Elle se tourna vers moi.

— C'est Victor, notre massier. Votre nom ?

— Olivier. Olivier Garancière.

— Victor, Olivier voudrait voir M. Barbe.

Le garçon s'inclina comiquement.

— Le maître est là. Entrez...

J'entrai dans une grande pièce éclairée par une baie vitrée. On apercevait le faîte des platanes du boulevard et, en face, les toits gris d'un hangar. Des chevalets s'alignaient au fond de la pièce, cachant des bustes et des têtes. Inès retirait déjà sa veste de daim, la pendait à une patère et endossait une blouse grise aussi maculée que celle de Victor. Elle ne s'occupait plus de moi.

— Maî-aî-aî-aître ! bêla le massier.

Un homme en veste de velours, au ventre en demi-ballon ovale enveloppé d'un gilet grenat barré d'une chaîne en or, s'écarta d'une toile qui le masquait presque entièrement. Quelques têtes se montrèrent, puis disparurent aussitôt. Un nouveau venu n'intriguait pas plus d'une seconde ou deux.

M. Barbe était glabre et presque chauve, sauf une couronne de cheveux filasse qui frisaient autour de son crâne.

— Jeune homme ?

À trente ans, c'était flatteur. Je répondis que je

désirais suivre des cours de dessin, mais qu'étant moi-même professeur de lettres dans un lycée voisin, je n'avais guère de liberté assurée qu'entre midi et deux heures. Non, je ne travaillais plus seul, depuis longtemps, par paresse, par manque de volonté. M. Barbe me scruta des pieds à la tête. Le résultat de l'examen dut être favorable.

— Je n'aime pas beaucoup les élèves qui arrivent comme ça en cours d'année. Ils ne rattrapent jamais les autres...

— Je sais ce que c'est, dis-je...

— Je vous accepte en confrère. Arrangez-vous avec Victor pour le matériel et venez à partir de demain.

Une redoutable odeur de tabac froid accompagnait chacun de ses mots. Quand il sourit, deux fossettes se creusèrent dans ses joues molles et roses. Mais bien plus que les cheveux filasse et le gilet grenat, me fascinaient ses yeux globuleux d'un bleu terne noyé dans une cornée jaunie par la nicotine. M. Barbe tendit une main large et baguée, puis me tourna le dos. Je me retrouvai seul dans l'atelier face à dix chevalets. Derrière l'un d'eux, devait se cacher la jeune fille à la veste de daim. J'aurais voulu lui dire au revoir. Victor ne me laissa pas le temps de la chercher. D'une tape sur l'épaule, il m'attira derrière un paravent où il prit une chaise et s'assit face à une petite table couverte de peinture.

— Je vais vous inscrire. Nom, adresse, profession, enfants, casier judiciaire, religion...

Il fit mine de tirer la langue pour s'appliquer.

— C'est 6000 pour l'année, me dit-il. Maintenant vous pouvez payer tous les trois mois si vous préférez. À moins que vous ayez une combine à vous, je vous préviens aussi que nous avons des prix de gros pour le matériel.

— Je n'ai pas de combine.

— Très bien. Alors, venez demain. Je vous aurai un carton, du papier, une planche, les crayons nécessaires. Je suppose qu'au début notre estimé maître vous fera d'abord travailler votre dessin. Nous verrons après pour la peinture.

J'acquiesçai et payai un trimestre d'avance après un rapide calcul mental qui m'assura que je pouvais finir le mois avec ce qui restait de mon traitement. Victor referma son cahier et me tendit la main.

— Au revoir, Olivier. Ici, nous nous appelons tous par nos prénoms.

— À demain, Victor.

Il me conduisit vers la sortie et c'est alors seulement que j'aperçus le modèle assis sur l'estrade : un petit vieux au visage couperosé, coiffé d'un haut-de-forme, tenant sur les genoux luisants de son habit une guitare sans cordes. Un bandeau noir lui cachait un œil.

— C'est le prince d'Eboli ! dit Victor en pouffant.

Je me souviens qu'une fois sur le boulevard j'hésitai à me diriger vers un des restaurants où je déjeunais seul d'ordinaire. Devant le miroir d'une chapellerie, je me suis arrêté pour découvrir mon nouveau visage bien que je fusse le dernier à pouvoir déceler dans l'altération de mes propres traits les signes annonciateurs d'un événement important. Et cependant j'avais déjà la certitude que ma décision irréfléchie était grosse de conséquences. À la vérité, mon audace soudaine me sidérait.

Je crois n'avoir jamais abordé une femme dans la rue, et sans être tout à fait niais, je sais qu'il me faut toute une série de rencontres heureuses et fortuites pour que je décide d'en inviter une à dîner ou au spectacle. Il y a plusieurs raisons à cela. La première est que j'ai une peur fondamentale, panique, des idiotes. Dans un brouhaha passe encore, mais en tête à tête, je me crois traqué. Une autre raison majeure est que ces dernières années je n'ai jamais eu assez d'argent. Dans mon budget — une fois déduite la pension de ma sœur — une sortie avec deux places de théâtre, un souper et un taxi au retour me privaient de dîner pour la fin du mois.

Alors, pourquoi avais-je suivi ainsi cette inconnue ? Marchant dans la cohue du boulevard, mains aux poches, je cherchai un seul visage plus attirant que le sien. Il n'y en avait pas. Pourtant ce quartier grouille le matin de belles filles aux yeux bouffis de sommeil, perchées sur de longues jambes aux chevilles fragiles. Autour d'elles flotte une tiède odeur de lit et de croissant chaud. Les crèmes grasses dont elles nourrissent leurs peaux brûlées par les fards et la fumée des cigarettes leur composent d'étranges masques barbares. À ces heures-là, elles n'affichent guère de bonne humeur et il est préférable de ne pas aborder ces créatures vouées au culte de la nuit, étrangères au jour cru du matin.

J'ai dû me promener un bon moment avant qu'une horloge me rappelât l'heure du cours. Il me restait juste assez d'argent pour manger un sandwich et boire une bière avant de gagner le lycée. Jardin et Girardet jouaient au billard dans la salle des professeurs. Je les saluai distraitement avant de prendre ma serviette avec les copies de troisième. La sonnerie retentit.

La première heure m'a paru interminable. J'étais trop distrait pour me fâcher quand ces petits crétins répondaient de travers. Au premier rang, Ballu, les bras croisés, me regardait avec une nuance de familiarité. Je me demandais s'il m'avait vu parler et marcher avec la jeune fille, et si ses camarades étaient déjà tous prévenus que, grâce à lui, j'avais maintenant une « poule ». J'ai toujours craint la cruauté des enfants et ce don infaillible qu'ils ont de blesser juste. Mes premières classes ont été un supplice, et c'est lentement que j'ai pris conscience de ma propre froideur qui en impose. Deux ou trois fois seulement, j'ai trouvé en face de moi des malins qui devinaient ma vulnérabilité. Mais j'ai riposté si violemment que je crois les avoir maîtrisés avant l'éclatement de la révolte.

Tout ce triste après-midi, j'éprouvai, comme un sourd malaise, l'angoisse des conséquences de ma propre audace. Certes, je ne manquais pas d'adresse et j'avais suffisamment bien peint et dessiné jusqu'à l'âge du baccalauréat pour me demander un moment si je n'entrerais pas aux Beaux-Arts. Ma mère n'a pas voulu. Des années de privations ne devaient pas me conduire à une carrière aussi aléatoire. Et si je devenais peintre, qui pourrait assurer la vie de Georgette ? J'hésitais encore quand maman est morte un mois de septembre. En souvenir d'elle, je me suis incliné. Les couleurs se sont desséchées dans une vieille boîte d'aquarelle que j'ai dû jeter aux ordures, et puis la khâgne a fini par absorber toutes mes velléités artistiques. Parmi les élèves de M. Barbe, je ne passerai probablement pas pour un raté. Non, l'idée qui me gênait le plus, c'était de retrouver la jeune fille aux yeux sombres, à la voix curieusement timbrée. Je ne lui avais pas dit au revoir en quittant le massier et sans doute ne pensait-elle même plus à moi.

La récréation a interrompu ma classe. Dans la cour,

j'ai retrouvé Girardet qui m'a offert des cigarettes anglaises confisquées à un de ses élèves. Nous avons parlé de l'Italie où nous sommes allés, sac au dos, en auto-stop l'année de l'agrégation. Il a préféré Assise à tout, et moi Rome où j'ai passé quinze jours d'une merveilleuse fainéantise. Après la sonnerie, j'ai mené ma classe à toute allure pour ne plus me laisser assaillir par mes inquiétudes. Encore vingt heures et je reverrai la jeune fille. Après quoi je suis allé trois fois au cinéma, à six heures, à huit heures et à dix heures, pour tuer le temps. C'étaient des films doublés qui auraient, par leur simplicité, enchanté Ballu et ses congénères...

Victor, le lendemain de mon inscription à l'Académie Barbe, m'accueillit en ouvrant la porte de l'atelier.

— Voilà le nouveau ! cria-t-il.

Aucune tête ne se montra au-dessus ou à côté des chevalets. J'aperçus seulement la jeune fille de la veille juchée sur un haut tabouret, sa planche à dessin reposant en équilibre sur ses genoux et sur une rampe de fer. Elle travaillait en blouse grise, grimaçant pour prendre ses mesures avec un crayon, le bras tendu. Victor me remit mon matériel et me prenant par l'épaule me conduisit près d'elle.

— À côté d'Inès ! Vous êtes gâté !

Je passai sous la rampe et m'approchai. La jeune fille sourit et gomma énergiquement un coin de son dessin. Adossé à la grande baie vitrée, je n'étais plus aveuglé par la lumière et me trouvais légèrement en arrière des chevalets, découvrant du même coup tout mon monde. La personne la plus proche était une grosse fille d'une trentaine d'années, de la taille d'un grenadier, plantée sur deux solides jambes assez peu galbées. Elle avait l'air de porter perruque tant ses cheveux d'un roux éclatant étaient soigneusement frisés. Deux anneaux dorés tiraillaient les lobes de ses oreilles. À ses pieds chaussés d'épaisses semelles de crêpe, dormait un caniche noir.

M. Barbe n'était pas encore arrivé. Installé du mieux que je pus, je découvris pour la première fois le modèle : une fille nue aux cheveux raides tombant sur les épaules, assise sur une chaise cannée, un aquarium sur ses cuisses jointes. Dans le bocal tournoyait un minuscule poisson d'un rouge doré. Je reçus un choc : ce spectacle, bien plus que celui du petit vieux de la veille, me touchait par sa misère absurde. Il y avait là quelque chose de mille fois plus indécent que les scènes de déshabillage dans les cabarets de Montmartre. Indécent n'est d'ailleurs peut-être pas le mot. Je dirai plus volontiers : cruel. Oui, la nudité publique est affreusement cruelle et très peu érotique. Des amis de province passant par Paris m'ont plusieurs fois amené au Concert Mayol ou dans les boîtes de nuit. Mon premier sentiment a toujours été la gêne. Je n'éprouve pas de réaction physique devant ces simulacres. Le désir est secret, irrationnel dans la mesure où il ne dépend pas de la perfection d'un corps, mais de la qualité de sa peau, de son odeur, de la chaleur de son sexe, toutes choses qui s'apprennent aussi bien dans l'obscurité, sans un regard.

Je ne saurais dire exactement ce qui s'est passé en moi à la vue du modèle assis mélancoliquement sur sa chaise cannée, avec un visage sans expression. De temps à autre, cependant, les paupières trop lourdes tombaient comme si la fille allait dormir. Ses seins écartés, déjà flasques, hésitaient à tremper dans l'aquarium où le poisson virevoltait comme un fou. Le bas des jambes, les chevilles et les pieds étaient violacés.

À côté de moi, Inès avait déjà exécuté plusieurs croquis alors que je me ressaisissais à peine de ma surprise.

— M. Barbe va venir, dit-elle. Vous feriez mieux de travailler !

J'avais bien perdu la main. Mon crayon hésitait. Me manquait le rythme d'Inès dont les feuillets volaient l'un après l'autre. À ma droite, la femme-canon peignait à toute vitesse, ne prenant un pas de recul qu'à de rares intervalles. Personne ne parlait et Victor avait rejoint son chevalet. Quand la porte s'ouvrit en coup de vent sur M. Barbe, un peu d'indiscipline flotta dans l'air. Il y eut des « salut maître » qui fleuraient l'ironie. Mais M. Barbe ôtait son chapeau de rapin en velours gris, se frottait les mains et passait au travail. Je serais le dernier avec Inès. Il fallait se dépêcher. Je croquai la fille à l'aquarium sur plusieurs feuilles volantes, essayant de retrouver l'équilibre naturel des masses grises et noires que laissait le crayon-fusain sur le papier. Enfin, M. Barbe s'arrêta devant la toile de ma voisine de droite et poussa un rugissement. Le caniche, effrayé, se leva d'un bond.

— Couché Teddy ! dit la grosse fille.

— Victor ! cria le maître.

Victor accourut et se planta devant le tableau.

— Victor, qu'en pensez-vous ?

— Un chef-d'œuvre !

— Vous êtes un crétin ! Je vous appelle pour que vous me disiez ce que Mlle Aston a compris à la fin des fins.

— Elle a compris que la richesse naturelle de son goût pouvait tourner facilement au mauvais goût.

— Et que disait Ingres ?

Victor au garde-à-vous récita :

— « Il faut faire disparaître les traces de la facilité : ce sont les résultats et non les moyens employés qui doivent paraître... »

— Très bien. Faites-en autant et tout marchera sur des roulettes...

Le massier regagna son chevalet tandis que M. Barbe, le doigt pointé, indiquait à Mlle Aston les ombres qu'il fallait estomper. Puis, s'adressant à moi :

— Ah ! Le nouveau ! C'est bien mauvais ! Essayez donc de retrouver un peu de liberté. Vous êtes pétrifié. Nous verrons cela dans quelques jours.

Avec Inès, il fut plus long :

— Ma chérie, Ingres disait : « Le dessin est la probité de l'art. » Ne mentez pas. Votre imagination déborde. Je voudrais vous voir plus attentive au modèle...

La jeune fille protesta :

— Ce modèle est absurde. Il n'a l'air de rien !

Alors, on eût dit que M. Barbe découvrait pour la première fois l'extravagance du sujet proposé à ses élèves.

— Victor !

— Maître !

— Vous vous foutez de moi ! Une femme avec un aquarium sur les genoux ! C'est dément !

Immobile sur sa chaise, la pauvre fille nous jeta un regard angoissé. Ses seins tremblèrent et ses pieds s'écartèrent.

— Pause ! cria Victor nullement troublé.

Le modèle se leva et plaça l'aquarium sur une table. Derrière elle il y avait un peignoir crasseux. Elle se retourna pour l'attraper et nous offrit l'irrésistible spectacle de son derrière rougi et quadrillé par les dessins de la chaise de paille. Je me tournai vers Inès qui ne retint pas un sourire.

— Maître, dit Victor, je me fiais à Ingres : « Les belles formes ce sont les plans droits avec des rondeurs. »

— Vous vous prenez pour Dalí ! Un aquarium sur les genoux ! A-t-on idée ? Pourquoi pas un homard ?

— J'y avais pensé !

— Victor, vous me faites souffrir !

Ils échangèrent encore quelques citations d'Ingres et j'appris ainsi que l'atelier vivait des périodes placées sous le signe d'un maître dont Victor se devait de tenir un stock d'aphorismes en réserve pour répondre aux interrogatoires de M. Barbe. J'arrivais après une phase Vlaminck. Quelques mois après, il ne serait plus juré que par Gauguin. J'appris également que les mœurs particulières de Victor lui inspiraient ces compositions grotesques où les modèles féminins étaient tournés en ridicule.

Après la pause, M. Barbe nous conseilla, à Inès et à moi, de ne nous attaquer qu'aux détails. Je venais d'achever une douzaine de croquis de bras, de jambes et de visages lorsque je me rendis compte de l'heure. Il me restait à peine le temps de courir jusqu'au lycée pour n'être pas en retard à mon cours de l'après-midi.

— À demain, Inès.

Elle leva ses beaux yeux tristes et sourit.

— À demain, Olivier.

C'est en dégringolant l'escalier que je réfléchis au caractère curieux de ma situation : pour l'attrait d'une jeune fille dont je ne connaissais que le prénom, je bouleversais mes habitudes, me privais de déjeuner et ne trouvais même pas le moyen de lui parler autrement que pour demander une gomme. Un collégien ne se serait pas conduit plus gauchement.

Certes, à trente ans je ne me sentais pas vieux. D'abord mes expériences étaient rares et, pour la plupart, fort espacées. Ensuite, je vivais une bonne moitié de mon existence parmi de très jeunes garçons. Ceux qui voient l'enseignement de l'extérieur ne savent pas à quel point il est un bain de jeunesse perpétuelle. Fastidieuses les classes ? Je ne le crois pas. De trimestre en trimestre se modèle une pâte, se choisissent des élus. Que le travail ne soit pas fini, qu'importe ! Il faut arracher de son cœur ce qui risque d'y prendre trop de place, et recommencer en octobre avec de nouvelles têtes. La gaieté, la brusquerie, la sottise, la maladresse et la confiance des garçons restent d'extraordinaires stimulants. Une scolarité ressemble à une loterie : les numéros sont là sur des bancs, les bras croisés, le visage tendu. Il me plaît de deviner en chacun son avenir. Même la fureur, même le découragement éprouvés parfois à leur égard sont encore des vertus de jeunesse.

Ce jour-là, j'ai enlevé mes deux heures de classe à toute allure. À la sortie, Girardet m'attendait. Sa femme avait oublié cent francs au fond de sa poche et il voulait absolument que nous allions faire un tour dans les autos tamponneuses de la place Pigalle. La foire venait de s'installer le long des boulevards. Depuis plusieurs jours, de mon troisième étage, rue Ariès, j'entendais les rumeurs lointaines de ce vacarme qui dure trois mois, de novembre à janvier. La faune des forains vient relever la faune des trottoirs, et cette musique gueulée, ces pétarades de carabine, ces bruits de crécelle des roues de loterie jettent une perturbation exotique dans le quartier si convenable où, neuf autres mois par an, les souteneurs corses, noirs ou arabes font bourgeoisement la loi chacun dans son secteur, sans empiéter sur le voisin. Comment j'ai pu aimer Montmartre je me le demande encore. Ces rues noires, ces squares pauvres, cette populace crapuleuse, ces petits rentiers malingres, ces bars tapageurs et les enseignes — désolées et désolantes en plein jour — des cabarets n'ont pas grand-chose à voir avec mes goûts. Il faut croire que nous finissons par nous attacher à ce qui limite notre horizon, cerne, même dans la médiocrité, notre vie. J'ai beaucoup erré d'Anvers à Clichy et je m'y croyais un peu chez moi à force de retrouver les mêmes visages, les mêmes types de filles et d'hommes. Pourtant, quand j'y pense aujourd'hui, c'est sans l'ombre d'un regret. Les dernières semaines ont été intolérables et je devais zigzaguer pour éviter, à chaque instant, de buter sur un souvenir : la pâtisserie où Inès dévorait cinq éclairs à la file, le cinéma où je lui ai pris la main, le bar moderne au comptoir et aux tables de sycomore vernis où nous nous donnions rendez-vous le samedi, la marchande de journaux où elle achetait en vrac tous les magazines féminins, les voitures de quat'saisons où elle choisissait longuement les pamplemousses, les oranges et les ananas dont elle semblait faire sa seule nourriture avec les gâteaux. Ces sept ou huit mois passés à vivre dans son ombre, de son ombre, sont gravés à jamais dans mon souvenir.

Prévoyais-je cela ? Il me semble que oui tant il est difficile un an après de rappeler tout ce qu'une imagination délirante a pu échafauder à partir d'une seule rencontre. Il est certain que l'amour naît d'unc émotion violente et inattendue sur laquelle nous nous mettons instantanément à broder avec une merveilleuse puérilité. Le visage et la voix d'Inès m'avaient à ce point frappé qu'à l'instant même je n'envisageais plus qu'il y eût d'autres beautés désirables sur terre. J'avais découvert la perle rarissime. Et si, dès notre première rencontre, elle m'avait fasciné, c'est qu'elle m'était destinée, qu'un jour je la posséderais, qu'elle serait mon bien.

En quittant Girardet qui, déçu par mon refus de faire un tour dans les autos tamponneuses, s'engouffrait dans la bouche du métro pour regagner le domicile conjugal, j'ai regretté de n'avoir pas osé lui confier les raisons de mon allégresse. Il les aurait comprises. Encore vingt heures et je retrouverais Inès. Il fallait tuer adroitement ce temps. Je me suis approvisionné chez le charcutier et le boulanger avant de monter m'enfermer. La nuit tombait. Une nuit un peu inquiétante rue Ariès où ne fonctionne qu'un seul lampadaire. La correction d'une composition de thème latin m'occupa jusqu'à minuit. Ballu y cueillait sa seconde place de dernier dans le trimestre.

Quand j'ai commencé à écrire ce matin la neige tombait à flocons pressés. On n'apercevait rien au-delà des grands arbres nus de la place. Seule émergeait du coton la tour noire du Château Frontenac. Les autos et les camions passent en dérapant sur la chaussée en pente. Mais les chauffeurs canadiens sont d'extraordinaires acrobates. Ils rattrapent toujours leurs voitures au moment où elles vont verser dans le fossé. Je ne serai jamais aussi habile qu'eux malgré les leçons que je prends depuis mon arrivée à Québec, et je préfère ne pas acheter de voiture avant le printemps, quand les rues et les routes seront plus sûres. À regarder le ciel cet après-midi on pourrait croire que c'est pour bientôt : un coup de vent a chassé les nuages gris, et le soleil perce la brume rose, joue des reflets dans les vitres de l'hôtel en face. Je n'ai qu'à me lever et approcher de la fenêtre pour apercevoir le coude du Saint-Laurent gelé. Le petit vapeur qui transborde d'une rive à l'autre, s'est tracé un chemin sinueux parmi les glaçons. Quand il peine, ses deux cheminées lâchent une grosse bulle de fumée noire qui monte et explose dans l'air froid.

Une lettre de Victor m'a tout remis en mémoire hier.

Elle est arrivée alors que je rentrais de la messe dite par le R. P. Léger pour le repos de Georgette. J'étais resté agenouillé pendant une demi-heure dans une des chapelles de la cathédrale, le visage caché dans mes mains, sans prier, mais évoquant les pauvres souvenirs que je garde de ma sœur. Quelle est ma responsabilité dans cette mort lamentable ? Maman me l'avait confiée. Je n'ai pas su (ou pas pu) la préserver. Aussi comment aurais-je prévu que mon départ et mon absence la toucheraient à ce point ? La Mère Supérieure qui a écrit douze pages sur papier quadrillé pour m'annoncer que « Dieu dans son infinie miséricorde avait rappelé Georgette à Lui » (quel cliché abominable !), ne s'est pas fait faute de souligner l'hébétude dans laquelle était tombée la malade quand elle a eu compris que je ne viendrais plus le dimanche. La malade ! Est-ce bien le mot quand il s'agit d'une attardée ? J'ai encore à l'esprit des images toutes fraîches de Georgette à cinq ans, quelques mois avant sa méningite. C'était une enfant secrète et dure, possédée d'une passion aveugle pour son frère aîné. Il me semble que, de ce côté, je n'ai pas de reproches à me faire. Moi aussi je l'adorais malgré notre différence d'âge. Je lui consacrais mes après-midi libres pour l'emmener à la campagne, lui apprendre tout ce que je savais et qu'elle retenait merveilleusement : le nom des fleurs, des insectes, des oiseaux. Dans les chemins creux de Collonge, le long de la Saône, je marchais à grandes enjambées pour la forcer à courir. Jamais elle ne s'avouait essoufflée. Le soir, nous rentrions par le tramway avec des brassées de genêts ou des bouquets de bleuets. Elle ne m'appelait pas Olivier, mais toujours « mon grand ».

Dans les premiers jours de sa fièvre, il fallait lui tenir

la main toute la nuit pour l'empêcher de crier. Elle vaticinait doucement et je cherchais à rassembler ses mots pour lui répondre et empêcher ces divagations qui me poignardaient le cœur. Maman jalousait notre entente. Quand le médecin a décrété qu'il devenait nécessaire de la transporter à Desgenette, j'ai d'abord refusé. Qui lui parlerait, qui l'écouterait ? Alors, on a dit que la mère pouvait avoir un lit voisin, mais que la chambre coûterait plus cher. Encore ces questions d'argent ! Il a fallu renoncer. Je ne savais pas qu'au grenier nous avions une malle pleine de petits vases en opaline et de souvenirs du Premier Empire dont n'importe quel antiquaire aurait donné une bonne somme. Maman ne voulait pas que l'on vendît ces souvenirs — glorieux croyait-elle — d'un grand-oncle paternel. Je ne les ai découverts qu'après sa mort. Si bien que Georgette est partie seule pour l'hôpital. On nous l'a rendue idiote : l'œil vague, presque vitreux, la bouche ouverte, bègue à en mourir. La maladie ayant hâté sa croissance, elle avait la taille d'un enfant de dix ans, sans en avoir la chair. Son dos s'était voûté, ses bras pendaient lamentablement le long de son corps. Quand elle restait trop longtemps immobile, prostrée dans un fauteuil, sa lèvre inférieure se détachait et, découvrant une gencive anémique creusée d'aphtes, laissait couler un filet de salive. N'est-ce pas le moment où je l'ai le plus aimée ? J'ai repris nos promenades dans les environs de Lyon, espérant je ne sais quel choc du souvenir. Mais elle marchait avec peine, entrechoquant ses genoux osseux. Elle se fatiguait vite. Seule une fleur au bord du chemin, un maigre bouton d'or, une humble marguerite amenaient sur son visage ce que j'appellerai un sourire. Dans le tramway du retour, nous nous asseyions côte à côte, et elle me tenait la main. Le plus odieux était la façon dont les gens s'efforçaient de ne pas la regarder. Je préférais presque les enfants qui la montraient du doigt ou faisaient, à voix haute, des réflexions que les parents gênés s'efforçaient d'étouffer. J'aurais dû me mettre en colère. Pourtant, le seul sentiment que j'éprouvais était un incommensurable orgueil. J'avais envie de leur crier que oui, c'était bien ma petite sœur, et je l'aimais plus que tout.

À la mort de maman, elle n'avait rien compris. Le soir où je suis rentré d'une excursion dans la Drôme, et où j'ai trouvé les voisins sur le palier, Georgette jouait dans la pièce voisine avec ses cubes en essayant de recomposer un de ces mots que je lui avais appris : faim, soif, dormir, rêver. Elle n'a pas vu mes larmes et m'a invité à m'asseoir par terre près d'elle. Je l'ai embrassée pour adoucir mon refus. Cousine Hilda s'est chargée d'elle pendant huit jours. Il a bien fallu ensuite que je la laisse en pension à l'Institution Sainte-Philomène où je ne pouvais la voir que le dimanche. Dans le fond, je me demande si les progrès qu'on lui a fait faire là ne lui ont pas été fatals. Si elle était restée une attardée complète, la vie aurait duré pour elle quelques années de plus sans vile souffrance. Quand j'ai été en mesure de la faire venir aux environs de Paris pour l'installer chez les sœurs de Saint-Vincent-de-Paul à Bourg-la-Reine, Georgette avait retrouvé un peu de mémoire, une élocution moins embrouillée. J'aurais pu la prendre auprès de moi s'il n'y avait pas eu ces brusques accès de fièvre sexuelle qui la poussaient vers n'importe quel homme, en général le plus sale, le plus bestial, comme si elle reconnaissait dans l'odeur de la sueur et de la crasse la supériorité du mâle. Quand les Sœurs m'ont appris que malgré leur surveillance, le jardinier de l'Institution s'était servi d'elle, j'ai ressenti un amer désespoir. Toute la vie, il faudrait vivre avec cette crainte atroce de la voir enceinte de quelque gorille.

Le dimanche après-midi j'allais la chercher. Combien de fois ai-je pris ce train de Sceaux qui cavale entre les maisons tristes de la banlieue ? Les amants des jours fériés s'y pressent, et les veuves avec leurs pots de chrysanthèmes, les scouts maladroits, les pêcheurs à la ligne. Bourg-la-Reine est à cent lieues de Paris, avec de larges rues où les voitures passent en trombe, des villas tachetées de faïences multicolores et protégées par de hautes grilles et des portes de fer sous lesquelles apparaît la truffe noire d'un chien de garde en fureur. De petites vieilles aux bas de fil gris en tire-bouchon sur des chevilles osseuses, trottinent dans les rues désertes. Je respirais un air de campagne, de province en parcourant le kilomètre qui sépare la gare de la maison des Sœurs.

Georgette attendait dans le parloir, assise sagement sur le banc de bois, les mains dans le creux de ses cuisses maigres qui saillaient sous la robe bleu roi au petit col de dentelle amidonné. Quand il faisait beau temps, je l'emmenais pour une longue promenade à pied jusqu'à la roseraie de L'Haÿ ou dans le parc de Sceaux. Nous marchions la main dans la main. Elle parlait toujours difficilement, mais ses gestes semblaient moins maladroits. Je lui ôtais son chapeau à bride et son visage reflétait de fugitifs éclairs de gaieté suivis de mornes résignations. Je posais des questions auxquelles elle répondait à côté et je devais retrouver seul la clé de ses associations d'idées, de ses réticences.

— Les Sœurs sont-elles gentilles avec toi ?

— Il y a sœur Marie-Ursule...

Nous marchions un long moment et je revenais à la charge indirectement :

— Que fait-elle, sœur Marie-Ursule ?

— Les autres sont gentilles.

Les jours de beau temps, vers quatre heures, je l'emmenais goûter dans un des kiosques du parc de Sceaux. Elle se tenait raide sur sa chaise de jardin, attentive à ne pas commettre de maladresse bien que cela se terminât toujours par un verre renversé, une soucoupe cassée, une cuillère tombée à terre. Alors, elle rougissait atrocement et je devais rire pour chasser son embarras. Georgette ne pleurait jamais. La maladie avait séché ses larmes, et ses yeux d'un bleu délavé comme ceux des aveugles restaient sans expression. La battait-on ? J'en doute encore, bien qu'une fois ou deux elle ait esquissé devant moi un geste pour se protéger le visage alors que je voulais seulement la prendre par les épaules ou chasser une mèche de son front.

Nous rentrions pour la cloche de six heures et je la confiais à la sœur portière qui lui pinçait la joue avant de l'emmener. Pas une seule fois, elle ne s'est plainte de me quitter. Elle disait seulement : « À dimanche », sur un ton neutre et je ne suis même pas certain qu'elle savait mesurer le temps qui séparait nos rencontres.

Quand, au mois d'octobre, j'ai obtenu, par une chance inouïe, une place sur un des avions bondés qui volent directement de Paris à Montréal, il ne me restait plus qu'un jeudi matin pour aller la voir. Arrivé par surprise, vers onze heures, j'ai demandé la Supérieure, une douce petite femme, encore jeune, au visage lisse, aux lèvres blanches. Un trousseau de clés battait contre le crucifix de bois de son chapelet.

— Pensez-vous revenir bientôt ? me demanda-t-elle.

— Je ne sais pas. Dans un an ou deux...

Elle a paru réfléchir un long moment avant de dire :

— Nous prierons pour vous qui devez en avoir besoin.

Ses yeux me perçaient à jour et j'ai eu honte. Mais comment lui expliquer ce que je fuyais aussi éperdument ? Il aurait fallu parler d'Inès, de Michel, de M. et Mme Barbe, d'un été mélodramatique sur une plage italienne. Je n'aurais pas supporté les banalités avec lesquelles ces excellentes femmes croient panser les maux de la terre.

— Je fais appeler votre sœur, a-t-elle murmuré enfin.

Elle est sortie, et je me suis retrouvé seul dans le parloir carrelé aux bancs vernis. Un crucifix ornait le mur en face de moi. Je me souviens qu'un bref élan m'a porté à lui parler comme s'il pouvait m'entendre. Depuis des années, je ne m'adressais pas au Christ, plus par indifférence que pour une raison arrêtée. M'excuserait-il ? J'allais abandonner ma sœur, le seul fardeau dont je fus chargé dans la vie, et cela parce que Paris, ses rues, mon quartier, n'étaient plus supportables après ce qui venait de se passer... Il est singulier que les consciences qui se croient les plus libres, les plus détachées de la divinité, aient, parfois, de ces brusques besoins d'absolution. Alors, quel désarroi quand on découvre que, faute de commerce avec Dieu et ses intercesseurs, on ne connaît même plus le rituel indispensable et le code du savoir-prier ! J'ai rengainé mes excuses et caché mon visage dans mes mains. Du parloir, on entendait les cris des pensionnaires dans la cour de récréation. Dans le couloir dallé passaient les Sœurs accompagnées de ce bruit d'étoffes froissées qui les trahit de loin, même quand elles marchent à petits pas. Enfin, j'ai reconnu la démarche traînante de Georgette, ses raclements de pieds. Que de gaucheries dans ce pauvre corps aux épaules basses, à la poitrine plate, aux genoux cagneux ! Elle s'est arrêtée debout sur le seuil, ses mains rouges pendant le long de ses hanches, coiffée d'un béret noir qui lui écartait les oreilles. Son regard m'a traversé un long moment sans me reconnaître, sans doute parce que nous ne nous retrouvions pas selon les règles habituelles. En arrivant un matin, je bouleversais le tout petit univers qu'elle avait réussi à s'organiser. Il a fallu qu'une Sœur la poussât dans le dos pour la faire entrer, et lui dise :

— Allons, voyons, Georgette, c'est ton frère...

Nous sommes restés seuls. Je ne savais quoi dire après l'avoir embrassée. La crainte de lui faire mal me rendait lâche. Je l'ai conduite vers un banc et je lui ai ôté son affreux béret pour découvrir avec horreur que la veille on lui avait rasé la tête parce qu'elle avait attrapé des poux. Elle s'est recoiffée avec sa maladresse habituelle et elle a croisé ses mains aux doigts courts et crevassés par l'eau de Javel.

— Je n'ai pas ma jolie robe ! a-t-elle dit.

La jolie robe était réservée au dimanche. En semaine, les pensionnaires portent des espèces de blouses droites en alpaga gris. Ainsi vêtue, chaussée de sandales, ses jambes rachitiques nues, Georgette avait l'air plus demeuré que jamais. Elle ne comprenait pas ce que je venais faire et en éprouvait une légère inquiétude que traduisait un tremblement de la mâchoire. J'ai tenté d'expliquer que je ne viendrais pas les dimanches suivants, qu'il lui faudrait du courage. Elle répondait par les mêmes mots :

— Je n'ai pas ma jolie robe !

Je l'ai embrassée, serrée dans mes bras une dernière fois. C'est moi qui pleurais. La Supérieure est venue. Elle a renvoyé Georgette avec bonté.

— Nous la faisons travailler au jardin, m'a-t-elle dit. C'est le seul endroit où elle montre un peu d'intelligence. Elle soigne très bien les fleurs. Sœur Marie-Ursule a renoncé à lui apprendre la broderie, mais elle l'emploie à décorer notre modeste chapelle. Georgette compose de jolis bouquets. Je doute qu'elle s'aperçoive beaucoup de votre absence. Néanmoins, laissez-moi une photo de vous pour que je la lui montre de temps en temps.

Nous longions le couloir aux murs gris, aux dalles descellées qui claquaient sous les pas. Autour de la Supérieure flottait une odeur de savon frais, de linge amidonné. La cornette me cachait son visage et je préférais échapper à son regard qui semblait tout deviner. Au bout du couloir, elle s'arrêta et fit face.

— Nous prendrons bien soin d'elle, mais il faudra tout de même revenir. Dieu vous a confié cette enfant. Vous ne devez pas l'oublier.

Alors, elle eut un geste à la fois timide et protecteur auquel je ne m'attendais pas. Sortant ses mains cachées dans les amples manches croisées, elle me caressa les deux joues puis frappa dans ses paumes et s'en alla. La sœur portière, une grosse vieille à lunettes, passa la tête par l'entrebâillement de la porte vitrée, me fit signe de la suivre et se dirigea vers la sortie. Dans la rue, je respirai un grand coup pour chasser la douleur qui m'étreignait la poitrine. Il n'y avait plus rien à faire. Le sort en était jeté. Je fuyais.

Ce qui s'est passé ensuite à Bourg-la-Reine, je n'ai

que la lettre de la Supérieure pour l'imaginer. Pendant deux bons mois, Georgette tous les dimanches mettait sa robe bleu roi au col de dentelle. Impossible de l'en empêcher. Après quoi, elle s'installait dans le parloir et n'en bougeait plus jusqu'à la cloche de six heures. Il lui a fallu ces deux mois pour comprendre que je ne viendrais plus. Alors, elle a cessé de manger, en employant des ruses que l'on n'était pas en droit d'espérer d'elle. Au bout de quelques jours, elle s'est révélée si faible que l'on a dû l'hospitaliser. La Supérieure lui a plusieurs fois montré ma photo et promis mon retour, mais elle secouait la tête et ne parlait même plus, retombant dans l'état comateux qui avait suivi sa maladie.

Elle est morte étouffée, une nuit, en avalant sa langue.

C'est à tout cela que je pensais hier matin dans la chapelle de la cathédrale pendant la messe du R.P. Léger et bien plus qu'à ces dernières images, aux premières, à l'enfant blonde courant dans le sentier de halage, le long de la Saône, dormant exténuée dans mes bras au retour, épelant un alphabet, fondant en larmes au moindre de mes départs, ce qui finissait par rendre maman jalouse. Ainsi, peu à peu, tout rentre dans l'ordre et la mémoire retrouve l'essence même de l'amour en chassant les tristesses et les laideurs de la vie pour n'en garder que la fraîcheur et la spontanéité.

La lettre de Victor n'est pas un moins sérieux rappel à un passé très proche. Dans le style ampoulé de notre massier, entre les lignes, après les innombrables trois points, je retrouve morceaux par morceaux, l'atmosphère de l'atelier.

Plusieurs semaines sans écrire. Quatre ou cinq, je ne sais plus. L'éternel « à quoi bon » ? Le mois de février m'a paru interminable. À la mi-mars, le Saint-Laurent commence à dégeler. Le temps est sec, encore froid. Tôt levé le matin, j'assiste, derrière ma double fenêtre, à la naissance du jour. La nuit se déchire lentement à l'horizon. Le soleil monte *piano, piano*. Une ombre grise et rouge s'avance sur la plaine glacée. Québec s'ébroue. Les cloches de la cathédrale sonnent à toute volée. Ces minutes ont le goût d'une drogue désespérante. En Italie, sur notre petite plage, je les craignais alors qu'Inès y trouvait je ne sais quel triste plaisir, quelle délectation qui m'égaraient. Il m'est impossible de voir une aube sans aussitôt penser, le cœur serré d'amertume, à l'aube qui se leva la veille de la funèbre découverte de Giacomino.

Dans la soirée, après le dîner, Jean, Victor et Michel étaient partis pêcher au *lamparo* avec des hommes du village. Mme Barbe s'était retirée dans sa chambre avec son mari auquel elle lisait tous les soirs cinquante pages de *Fantômas* avant qu'il s'endormît. Les Dudelé, à leur habitude, restaient à fumer sur la terrasse. Ce fut la grosse Betty Aston qui proposa d'aller à Prieto. Inès dit oui et nous eûmes juste le temps de sauter dans le canot qui ramenait Assunta et ses nièces au village. La lune ne devait apparaître que vers minuit, mais la seule clarté des étoiles suffisait à dessiner la côte et les rochers tapis dans l'eau noire. La barque accosta dans le petit port où sont amarrés des bateaux de plaisance. Sur le quai brillaient les lumières des deux restaurants et du dancing dont on entendait déjà l'orchestre. Il fallut deux hommes pour tirer Assunta, et Mlle Aston, malgré son orgueil, fut bien obligée de se faire aider. Je poussai le derrière de Nineta qui hésitait à sauter. Elle éclata de rire et manqua tomber. D'un bond Inès se trouva sur le débarcadère, et nous nous dirigeâmes vers la guinguette où un piano, un accordéon, une batterie et un chanteur à moustaches s'essayaient à trouver un accord. Ce n'était pas l'endroit chic. L'endroit chic est l'*Hôtel d'Azur,* à deux cents mètres du port, une bâtisse blanche aux stores verts qui domine une plage de galets. L'*Hôtel d'Azur* jouit d'une terrasse en plein soleil le jour, et la nuit délicieusement tiède. Il n'y a pas d'orchestre, mais un pick-up et des jeux d'électricité qui permettent de danser slows et tangos dans l'ombre. Les gens du village n'y vont pas.

Notre dancing était, lui, parfaitement naturel. Ne le fréquentaient que des boutiquiers italiens en vacances, les filles et les garçons du pays, quelquefois des campeurs venus de loin, de l'autre côté de la presqu'île où ils sont parqués chaque année. On y buvait du vin rosé, des camparis-sodas et toutes ces limonades italiennes si fades qu'elles laissent dans la bouche un goût aussi triste que l'amour. Nous trouvâmes une table et je fis d'abord danser Betty qui, avec son mètre quatre-vingts, ne trouve pas facilement de partenaire. Inès resta seule, les coudes sur les genoux, son menton dans ses paumes. D'un mouvement de tête, sans sourire, elle refusa l'invitation d'un grand garçon brun en short, et je lui en fus reconnaissant. Ce soir, je l'aurai rien que pour moi. Elle ne m'avait jamais paru assi belle, avec son visage brûlé, ses cheveux bruns serrés sur la nuque par un ruban rouge, son chemisier de la couleur passée des briques, et ce pantalon corsaire à rayures blanches et noires qui dessinait ses jambes et trahissait la légère courbe de son ventre. Elle était là, dans toute sa chair, ses beaux seins libres sous l'étoffe, sans maquillage, les lèvres pâles et nues. Comme je l'aimais !

Betty dansait avec des grâces de gendarme. Je fus heureux de la ramener à notre table où elle commanda tout de suite une fiasque de rosé. Après un intermède, je pus enfin inviter Inès. Nous étions une dizaine sur la piste de ciment protégée par des claies de bambou tendues entre les arcades. Il n'y avait là que des garçons très jeunes avec des filles en robe claire, aux visages ronds. À une table trois Allemands en culotte de cuir buvaient de la bière. Je vis avec soulagement le plus grand — un roux que les autres appelaient Doudi — se lever pour inviter Betty qui se jeta contre lui avec frénésie. Elle ne le lâcherait plus.

Entre les arcades se massaient les femmes du village avec leurs enfants à demi endormis dans les bras. Elles nous regardaient de tous leurs yeux comme si nous étions d'extraordinaires privilégiés. Un léger vent secouait les lampions rouges, apportant par bouffées les relents du port, l'odeur poisseuse des nasses et des filets tendus sur les quais.

Dès les premiers pas, je sus qu'Inès, ce soir, s'abandonnait et désarmait. Nous dansions si uniment que nos corps ne se cherchaient même plus. Ils s'appartenaient et chaque arrêt de l'orchestre brisait lentement, comme à regret, cet accord. J'avais sa tempe contre mes lèvres, et je respirais l'odeur de ses cheveux. Nous ne parlions pas.

Il fallut bien retourner à la table où Doudi était venu s'asseoir et parlait allemand avec Betty dont la voix rauque trahissait l'excitation. Doudi mis en confiance s'épanouissait et se retournait de temps à autre vers ses copains pour leur faire un clin d'œil. Nous bûmes une seconde fiasque de vin rosé. Doudi invita Inès qui refusa et, me désignant, dit quelque chose en allemand.

— *Ach so!* fit le grand garçon tout rouge.

Et il invita Betty qui accepta ou plutôt qui s'envola dans ses bras. Nous restions seuls.

— Je ne savais pas que tu parlais allemand!

— J'ai habité cinq ans Berlin.

— Et qu'as-tu répondu à ce garçon?

— Que nous étions fiancés et que tu étais très jaloux.

— C'est au moins vrai pour la jalousie. Inès, je...

— Oh! non. Je t'en prie... Pas ce soir! Pas maintenant! Soyons heureux...

Elle posa deux doigts sur mes lèvres pour que je me taise. Une lueur de tendresse dans ses yeux atténua ce que cette prière aurait pu avoir d'égoïste. Nous dansâmes plusieurs fois et je baisai sa tempe, ses yeux, sa joue brûlante. Le dancing avait beau s'être rempli, je me croyais seul avec elle. Et chaque fois, il en était ainsi. Chaque fois je m'embarquais. Nous naviguions toute une soirée. Le lendemain, Inès semblait l'oublier et de sa voix redevenue lasse, s'étonnait d'un geste trop familier de ma part, comme si une seule nuit suffisait à effacer les caresses de la veille. D'une autre j'aurais pu croire à un jeu. Mais Inès ne jouait pas. Je la voyais, avec par moments une indifférence absolue, poursuivre impunément une sorte de rêverie intérieure à laquelle je restais étranger. Il y a des êtres contre lesquels on bute. La porte est close. C'est à peine si les traits du visage laissent deviner la couleur des pensées qui s'agitent derrière un front pur. Ainsi d'Inès que je secouais en vain sans qu'elle revînt à moi. Il fallait attendre un soir, un de ces soirs comme nous en passions un à la guinguette de Prieto.

Betty Aston ne quittait plus son jeune Allemand. Écarlate, elle valsait, tanguait, roulait. Sa jupe à fleurs se soulevait, découvrant ses gros genoux, ses cuisses boudinées. On riait d'elle, mais sans méchanceté tant les Italiens ont de respect pour la gaieté naturelle. Je reconnaissais à son excitation les signes de l'ivresse qui la gagnait les jours de folie. Le retour ne serait pas facile par le sentier de chèvres qui monte dans la pinède et redescend sur la petite plage. Il faudrait, sans doute, l'épauler, supporter ses discours, ses grands éclats de rire. Déjà une fois, Victor et Jean avaient dû improviser un brancard pour la ramener, ronflant comme un dogue, jusqu'à notre maison où ils l'avaient basculée toute habillée sur son lit.

Vers onze heures, il y eut un mouvement de foule entre les arcades. Un canot arrivait avec deux garçons qui crièrent à l'orchestre de s'arrêter, sautèrent sur l'estrade et annoncèrent qu'un banc de thons passait au large. Tous les pêcheurs qui, soit par paresse, soit parce qu'ils avaient assez travaillé la veille, n'étaient pas sortis cette nuit-là, se ruèrent vers les maisons basses pour s'équiper. Quelques minutes après, ils sautaient dans leurs barques. Nous allâmes sur la jetée assister au départ. Dans la nuit on distinguait à peine les bateaux, mais bientôt chacun alluma son *lamparo.* La flamme blanche de l'acétylène dessinait à la surface de l'eau une tache moirée d'un bleu huileux, et la flottille, comme une procession, gagna le large où les premiers partis de la soirée, alignés et marqués d'une étoile blanche, devaient déjà être en train de haler de pleins filets de thons. Le teuf-teuf des moteurs décrut lentement. On entendit encore des voix gutturales qui se répondaient, puis le silence retomba sur la mer.

Nous retournâmes vers le dancing. Betty avait commandé une nouvelle fiasque de rosé. Assise en face de son rougeoyant partenaire, elle l'embrassait à pleine bouche et il y avait quelque chose de si goulu dans ce baiser qu'Inès ne put retenir un mouvement de répulsion. Elle me saisit le poignet, plantant cruellement ses ongles dans ma chair, et m'entraîna.

— Je ne peux pas les voir, dit-elle. Ils sont trop laids. Et comme ça en public ! Viens, rentrons par la pinède.

— Est-ce que tu ne crois pas qu'il faut l'attendre ? Barbe va être aux cent coups si elle ne revient pas.

Betty Aston était la fille de gros épiciers de Montmartre. Bien qu'elle eût la trentaine sonnée, ses parents la confiaient aux Barbe comme si elle était encore une gamine. Et notre bon maître éprouvait parfois le plus grand mal à maintenir dans le droit chemin ce colosse à la vertu d'argile, aux fugues d'enfant gâté. En l'abandonnant, je n'hésitais que pour la forme. Le « non » sec d'Inès me comblait.

Bras dessus, bras dessous, nous remontâmes la grande artère de Prieto, c'est-à-dire une ruelle encaissée entre des maisons blanches aux volets verts. Sur le pas des portes, des femmes donnaient le sein ou bavardaient assises à même la pierre. Des grappes de piments rouges et verts ornaient les fenêtres hautes. L'odeur forte d'une poissonnerie nous poursuivit un long moment jusqu'à la sortie du village. Nous ne nous tenions plus par le bras, mais par la taille et Inès allongeait le pas pour garder mon rythme. Dans le sentier, je la précédai. Nos espadrilles glissaient sur un tapis d'aiguilles de pins. Des genêts s'accrochaient à nos jambes. La lune venait de se lever et baignait la pinède d'une clarté douceâtre. En haut de la côte, je m'arrêtai pour souffler. Inès, sans un mot, prit ma main et la posa sur son sein gauche. Le cœur battait si fort que j'en eus peur. Son chemisier s'était entrouvert et d'un doigt, puis de toute la main, je caressai la chair palpitante. De longues minutes s'écoulèrent sans que nous parlions, face à face. Dans ma paume reposait ce globe tiède dont les sursauts s'apaisaient lentement. J'en devinais la pointe ferme et grumeleuse, et Inès les bras ballants, la tête baissée, ne bougeait plus.

— Je t'aime, dis-je.

Avec calme elle repoussa ma main, reboutonna son chemisier et fit quelques pas entre les arbres. De l'endroit où nous étions, s'apercevaient d'un côté le village aux toits chaotiques, au port marqué d'un fanal rouge, de l'autre la plage déserte avec sa maison jaune et ses galets blancs sous la lune. À nos pieds une cascade de rochers nus descendait dans la mer. Le matin, nous nagions vers ce cap de la Vecchia farci de criques et de grottes où les vagues s'engouffrent avec un bruit angoissant de succion. La transparence de l'eau donne le vertige, au-dessus d'un grand gouffre bleu où luit le bref éclat d'argent d'un poisson se faufilant parmi les touffes d'algues et les roches piquées d'oursins noirs.

— Je voudrais bien savoir, dit-elle, quelle est leur barque.

Sur plus d'un kilomètre au large, les *lamparos* alignaient leurs étoiles blanches. Michel, Victor et Jean devaient participer à l'excitation folle de cette nuit de cocagne. Mais je ne les enviais pas. Inès venait de s'asseoir, adossée à un pin et je me tenais à côté d'elle, baisant furtivement ma propre paume qui gardait encore la tiédeur et le parfum de son sein. Nous n'avions rien à nous dire, rien qu'à laisser vagabonder nos pensées, elle sans doute vers son secret jalousement défendu, moi vers cette passion et ce désir qui m'attachaient à chacun de ses pas.

— Inès, me diras-tu un jour ce qu'il y a ?

— Il n'y a rien, je te le promets.

— Tu mens !

— Oui, je mens, mais tais-toi ! Embrasse-moi.

J'aimais sa bouche aux lèvres passives qu'il fallait presque mordre pour entrouvrir. Je goûtais son haleine, retrouvais la fraîcheur d'ivoire de ses dents et une langue enfantine qui, lentement, s'enhardissait. Visages confondus, nous n'entendions plus rien, même pas ce chant des cigales qui déchire la nuit et peut conduire à la démence. À même une chair lisse, je buvais la drogue triste de l'amour inachevé. Des minutes, des heures s'éternisaient ainsi sans que je me lasse. Sous mes caresses, le corps d'Inès se détendait, semblait s'ouvrir. Je me répétais qu'elle pesait tout le poids du monde, que dans mon bras passé autour de sa taille, le bonheur prenait soudain forme, vie, chaleur, que, quoi qu'il arrivât, c'est toujours ce parfum que je lui voudrais plus tard. Inès ne parlait plus. Seuls des mots lui échappaient. Ils venaient éclore entre ses lèvres comme d'inquiétantes fleurs du mal. Je ne les comprenais pas tous : des mots d'allemand rugueux, des interjections espagnoles, une douceur à consonance italienne. D'où venaient-ils ? À qui étaient-ils destinés ? Je les cueillais au passage avec une obscure jalousie.

Cette nuit-là, j'osai ouvrir de nouveau le chemisier qu'elle avait reboutonné après notre halte en haut de la côte. Elle ne se défendit pas et je retrouvai le sein tiède qui ne palpitait plus. Dans le creux de ma main, il durcit avec une ferveur qui me bouleversa. Visage renversé, Inès respirait plus vite. Je devais m'oublier, ne pas penser à moi. Il fallait enfin tirer d'elle ce cri qu'elle semblait toujours se refuser. Je baisai son torse nu. Il avait encore le goût de sel du bain de l'après-midi. Un long moment, l'oreille collée, j'écoutai battre un cœur qui m'était toujours resté si étranger. Le sang affluait et refluait à coups sourds. On eût dit de la mer s'engouffrant au fond d'une grotte. Les yeux clos, j'imaginai la forme de ce cœur avec ses ventricules qui se gonflent indécemment, ses entrelacs d'artères rouges, de veines violettes. Au nom de quelle croyance, de quel mythe y logeons-nous l'amour ? Le cœur n'est qu'une machine, une merveilleuse machine. Il s'use, mais à la longue. Tout le corps s'use avant lui. Les rides naissent alors qu'il bat encore avec force. Il y a je ne sais quoi d'impitoyable dans sa régularité. Je rêve du jour où l'homme pourra lui commander à volonté sa mort et sa résurrection. La nature aura-t-elle jamais la charité de nous donner ce pouvoir ?

Je me redressai presque assourdi, et le chant des cigales me déchira le tympan. Allongée sur le tapis d'aiguilles de pin, la poitrine offerte, avec un visage de morte que la clarté lunaire rendait phosphorescent, Inès m'effraya soudain. Je soulevai sa tête. Elle ouvrit ses yeux qui, dans l'ombre, brillaient comme des yeux de chat. Il me fallait entendre sa voix.

— Parle ! Je t'en prie, dis quelque chose.

Elle hésita un instant, puis de sa voix rauque, si triste la nuit, murmura doucement :

— Est-ce que tu m'aimes ?

— Mais oui, je t'aime.

— Plus que tout ?

— Plus que tout.

— Comme c'est bon ! dit-elle.

Elle referma les yeux. Je me couchai près d'elle, tenant sa main. La pinède bruissait autour et au-dessus de nous. À travers la frondaison j'apercevais, des morceaux de ciel d'un bleu glauque. Le vertige était là, si proche qu'il serait presque trop facile de s'y abandonner. L'amour pur... Je le désirais parfait comme cette minute où un léger vent chargé d'effluves marins et d'odeurs de résine, caressait mon visage et glissait sur le torse nu d'Inès, je le désirais comme un de ces sentiments si magnifiques qu'il englobe l'univers et ne souffre pas une erreur, pas une distraction.

Comment on glisse du rêve puéril d'un amour pur jusqu'à la déroute du plaisir brut, je le sais maintenant.

Ce fut Inès qui m'appela :

— Je voudrais...

— Quoi ?

— Je voudrais que tu baises mes seins.

Oui, c'est vrai, il y avait ces seins désarmés dont je

venais de goûter les fruits. Ils représentaient la tentation terrestre et mes lèvres en étaient agacées. Je les repris. Ils avaient perdu de leur tiédeur à rester ainsi exposés. Tout le corps d'Inès se tendit quand je l'approchai. J'entrouvris ma chemise pour recevoir contre la mienne le choc de cette poitrine tendre. Et pourquoi le cacher aujourd'hui, j'eus d'abord honte de mon désir. Il m'effrayait. Dans l'idée naïve que je gardais encore de l'amour, je n'osais pas appuyer contre Inès l'arme brute qui la blesserait. Ce fut elle qui vint, avec une infinie douceur contre moi. Le baiser que je lui donnais dura une éternité. Quand j'en émergeai, Inès me prit le visage dans ses mains :

— Et maintenant, dit-elle, je voudrais que tu m'aimes.

Alors dans cette nuit peuplée d'insectes déchaînés, il y eut tout d'un coup un extraordinaire silence. La mer apporta encore de très loin un cri, mais le vent tiède qui caressait les pins tomba. Je n'écoutais plus que le sang battre sourdement à mes tempes. Inès les yeux fermés, la tête renversée, les bras en croix attendait.

Est-ce le rire de Betty que j'entendis le premier ? Cela ressemblait plutôt à un gloussement gras, au cri d'un dindon. Une grosse voix lui répondit et elle rit encore. Ils se rapprochaient par le sentier de la pinède. Un long moment, ils restèrent silencieux et ce fut pire que tout. Puis, au loin, gronda le râle de Betty. Inès avait couvert son visage de ses mains. Je m'étais écarté d'elle. Tout était brisé, perdu. Je savais qu'à jamais le bonheur nous quittait, que nous ne voguions plus, que la fatalité poursuivait une fois de plus de sa sinistre vulgarité l'amour que nous aurions pu atteindre.

Longtemps après, Betty et son Allemand passèrent à quelques mètres de nous qui retenions nos souffles. Suffit-il que deux monstres fassent l'amour pour que les couples heureux y répugnent ?

Non, sans doute, mais c'en était trop. Nous étions brisés, blessés, immobiles et détachés l'un de l'autre. La terre entière nous séparait. Jusqu'au petit matin, nous restâmes ainsi. Je voulus prendre la main d'Inès, mais elle la retira.

Sur la mer se leva le jour pâle. Les *lamparos* s'éteignirent et l'on entendit le halètement des moteurs de la flottille qui regagnait Prieto.

— Il faut rentrer avant que les autres soient là, dit-elle. Viens.

Je n'avais pas idée que le printemps canadien fût aussi soudain. Ce pays dont la blancheur arrivait à créer en moi un véritable malaise (comme si la pureté ne m'était plus supportable), s'est converti au vert en quelques jours. J'ai étrenné ma voiture avec une promenade au lac Beauport. Sur l'étang dégelé naviguaient des barquettes à voile. Le chalet a ouvert sa véranda et l'on déjeune dehors, chauffé par un soleil jaune pâle. Le Père Léger n'était qu'à moitié rassuré en montant dans ma Buick, mais j'ai conduit avec douceur, nullement grisé par ce luxe nouveau. Dire qu'il y a un an, je ne pouvais même pas envisager, avec mon maigre traitement, de m'acheter une moto pour les vacances ! Mais ici une auto n'est pas un luxe. C'est une utilité. Elle est comprise dans les budgets les plus modestes. Je dois être bien naïf encore pour éprouver la sensation d'avoir, avec cette voiture, gravi un échelon. Il est juste de noter que toute ma vie a changé depuis que j'ai émigré.

D'abord, je n'enseigne plus des gamins dont la cruauté imbécile m'obligeait à rester continuellement sur le qui-vive, mais des jeunes gens, des jeunes filles. Leur âge est presque le mien. À la sortie des cours, nous allons en bande à la cafétéria. J'aime assez que leur déférence tienne non pas à ma personne, mais à ce qu'à leurs yeux j'apparais chargé de toute l'expérience de la vieille Europe. Ce que je leur apprends, ils pourraient aussi bien le trouver dans les livres, tandis que mes réactions personnelles devant des questions saugrenues leur font découvrir tout un système de pensées, de contradictions superficielles et de liens profonds entre les idées, qui les déroute et les fascine. Aucun n'a encore osé me pousser dans mes retranchements religieux. Et pourtant ils savent bien qu'il y a là quelque chose qui cloche : professeur dans une université qui est dans les mains d'un Ordre, je ne parle jamais du Christ. Certes, on me voit le dimanche matin à la chapelle où l'un de nos moines dit la messe, mais je reste le seul membre du corps enseignant à ne pas communier.

Cette singularité, personne ne m'en parle. Cependant, je sais que l'on en chuchote. L'un des jeunes ne m'a-t-il pas demandé hier ce que je pensais de la franc-maçonnerie ? Et Yolande Lafleur qui a les joues roses, les yeux d'un gris perçant et les chevilles un peu trop fortes pour mon goût, me harcèle de questions sur l'anticléricalisme des Encyclopédistes. Que répondrai-je, n'étant ni maçon, ni mangeur de curé ? Mais ce n'est pas mes élèves que je crains, c'est le Père Léger. Pendant son bref passage à Paris en octobre dernier, il m'a choisi parmi dix candidats. Je n'étais pas le plus brillamment diplômé. Je ne l'ai pas appâté avec de solides convictions religieuses. Nous avons parlé, mais c'était de Florence et de Rome dont il connaît les musées par cœur. Puis, les yeux baissés, il m'a demandé de sa voix blanche :

— Pourquoi voulez-vous aller au Canada ?

— Mon Père, je vous le dirai un jour. Me ferez-vous confiance si je vous affirme que je dois, à n'importe quel prix, fuir Paris, fuir la France !

Il a paru réfléchir un moment, et enfin, toujours sans me regarder, il a dit très bas :

— C'est bien, venez. Nous nous expliquerons plus tard.

Les premiers mois, il a semblé oublier notre conversation. Les étudiants m'aiment. C'est une chose qui se voit. Pas un ne manque mes cours. Mes collègues canadiens font mieux que me supporter, encore que je ne me sois lié avec aucun d'eux, et que je passe mes dimanches solitaire, occupé à la rédaction de ces pages qui me coûtent un million d'efforts. Mais ce que je craignais est arrivé : après le déjeuner d'hier sur la terrasse du chalet, face au lac Beauport d'un bleu turquoise éblouissant, le Père Léger a doucement laissé entendre que, pour Pâques, il faudrait communier, donc me confesser. Je n'avais rien à redouter, car il se proposait lui-même comme directeur de conscience.

C'est mon tour de me demander ce dont il a peur. Si j'avoue à un autre prêtre une faute qu'*il ne sait pas, mais qu'il devine,* sa responsabilité sera gravement engagée.

Et que puis-je lui expliquer ? Sans doute, ces pages lui permettraient-elles de mieux comprendre l'atmosphère de l'année vécue à l'ombre d'Inès. Mais je suis loin d'y avoir encore dit l'essentiel sur elle, sur l'atelier, sur moi. Avant de connaître ce petit groupe, je n'avais pratiquement pas eu d'amis. En khâgne, ce n'étaient que des camarades de sortie, et plus tard des collègues. Il m'a fallu l'intimité de l'atelier Barbe pour découvrir la joie d'être en bande.

Dès la deuxième séance, je me sentis adopté. On me plaça de nouveau à côté d'Inès, mais entre la grosse Betty et moi, Victor avait intercalé Jean, un garçon blond aux yeux en amande, aux arcades sourcilières boursouflées, au nez écrasé. La nuit, il était boucher aux Halles, et en fin d'après-midi il s'entraînait dans une salle de Clignancourt. J'appris aussitôt qu'il avait été champion de France amateur des poids moyens, qu'il venait de passer professionnel et que le lundi soir tout l'atelier se transportait à l'Élysée-Montmartre pour le soutenir de la voix dans ses premiers combats. Affligé d'un accent faubourien qui aurait merveilleusement donné la réplique à celui d'Arletty, Jean, à cause de son amitié non dissimulée pour Victor, aurait pu paraître équivoque, n'eût été sa force de lion, son air de santé, sa gaieté naturelle. Bien entendu, ce « tueur » était un peintre naïf, d'une naïveté minutieuse. Il avait son modèle à lui qu'il gardait un bon mois devant les yeux, généralement un vase avec des fleurs artificielles dont il peignait méticuleusement chaque pétale, chaque étamine. M. Barbe l'avait compris une fois pour toutes : Jean devinait presque tout et n'apprendrait rien. Il restait, avec la plus grande gentillesse, imperméable à toutes les influences.

À cette deuxième séance, je remarquai aussi les Dudelé. Lui, un retraité des Postes, elle, une ancienne institutrice. Pendant quarante ans, ils avaient travaillé tête baissée d'un commun accord pour en arriver à ce jour parfait où ils se livreraient corps et âme à leur unique passion : la peinture. S'il était un couple qui rachète tous les autres couples damnés, c'est sûrement le ménage Dudelé. En un an, je n'ai jamais vu l'ombre d'un nuage entre eux. Ils ne parlaient que musées, art moderne, expositions, technique. Au jour de leur retraite, ils avaient aboli le triste, le morne passé, pour entamer une nouvelle vie. Ajouterai-je à cela que je les crois sans la plus petite espèce de talent ? Mais, même M. Barbe, qui ne mâche pas ses mots, ne pouvait le leur dire : c'eût été détruire un univers parfaitement clos et qui se suffisait à lui-même.

Au bout d'une semaine, je m'enhardis. D'abord, je me trouvais moins maladroit. La main revenait. Inès me parlait d'un film qu'elle avait vu la veille, d'un roman qu'elle venait de lire. Peu à peu, j'en arrivais à lui conseiller des livres.

Un jeudi, au lieu de courir au lycée, je pus rester plus longtemps et je descendis avec elle sur le boulevard. Il était trois heures. Les autobus passaient à vide. Derrière la vitre des cafés, des garçons mélancoliques, la serviette sous le bras, regardaient les passants. C'était l'heure de la trêve. En fin d'après-midi, Montmartre s'animerait. Mais Inès ne semblait penser à rien de toute cela. Et moi, j'avais faim. Ce régime sans déjeuner me donnait des vertiges, presque une sorte d'ivresse. Les mots ne pesaient plus le même poids.

— Inès, dis-je, il faut que je vous avoue une chose terrible.

— Quoi ? fit-elle avec une nuance d'inquiétude.

— J'ai la tête qui tourne. Il faut à tout prix que je dévore un sandwich.

— Ce n'est pas si terrible que ça ! Il y a plein de restaurants. Tenez, voilà un snack-bar.

— M'accompagnerez-vous ?

— Oui, mais si cela ne vous fait rien, je ne boirai qu'un verre de lait.

Assis sur deux hauts tabourets dans un snack-bar jaune citron, nous passâmes encore un long moment ensemble. Elle buvait son lait à petites gorgées, gardant sur sa lèvre supérieure une trace blanchâtre qui lui dessinait une seconde bouche. Elle me disait ne jamais s'ennuyer. Je lui avouais m'ennuyer parfois avec mes collègues. Je préférais ma solitude ou sa présence. Ainsi deux êtres qui s'approchent, n'ont d'autre ressource pour se mesurer que de se peindre eux-mêmes. Quoi d'étonnant s'ils ont alors tendance à s'admirer et si, un jour, abandonnant chacun la finition de ce portrait au soin de l'autre, ils doivent déchanter. On serait, cependant, surpris du peu de choses personnelles que nous nous disions. Inès racontait son enfance à Madrid. Je compris que son père était diplomate d'un pays nordique et sa mère espagnole. Le père était mort et la mère vivait à Paris, sans pouvoir regagner son pays parce qu'un membre de sa famille avait été général républicain. Ce n'était pas un bon général, précisait Inès en riant : on avait dû lui retirer son commandement au front pour le charger d'une mission moins dangereuse : l'épuration à Valence. Maintenant il vivait au Mexique, en concubinage avec une Indienne, et vendait des chapeaux de paille pour gagner sa vie. Elle se souvenait de l'insurrection de 36 et des rodomontades de cet oncle. Elle n'aimait pas les militaires. Ni les curés, ajoutait-elle.

Je lui parlais de Lyon, des bains dans la Saône à Collonges, de mon unique voyage en Italie. Pas un mot sur Georgette. Ce n'était pas de la honte… Pardon, si…

c'était de la honte, pourquoi le nier ? A-t-on jamais vu un homme raconter à la femme dont il veut être aimé que sa sœur est une idiote, pensionnaire d'un asile ? Il ne fallait pas me demander d'être sublime.

À quatre heures je voulus la ramener en taxi chez elle. Inès refusa. Elle préférait la plate-forme de l'autobus où l'air froid fouette le visage. Je rentrai à pied, rue Ariès, heureux et insatisfait. Désormais, il n'y avait plus qu'elle pour soutenir et embellir chaque jour de ma vie. Pouvais-je seulement croire que, une fois partie, elle pensait encore à moi ? C'eût été présomptueux. J'aimais Inès, et n'en gardais pas moins, après chacune de nos rencontres, la sensation que loin de moi elle me replongeait dans le néant d'où je ne serais jamais sorti si Ballu ne l'avait pas heurtée dans la rue.

Ce fut vers cette époque-là que je donnai à traiter à mes élèves des sujets trahissant mes préoccupations : « Amour de Bérénice pour Titus ». « Amour d'Alceste pour Célimène ». « Amour de Lamartine pour Graziella ». En somme, je restais livresque alors même qu'une véritable passion couvait en moi. Il ne fallut pas trois semaines pour que cette passion prît dans mes rêvasseries une forme précise qui — je l'avoue au risque de paraître ridicule — commença par m'effrayer. *Je la désirais.*

Je m'endormais avec son image et la retrouvais au réveil. Peu à peu, d'ailleurs, mon sommeil se rétrécit, ma nervosité s'accrut. Mon corps s'insurgeait. Il avait soif. Des idées précises me venaient, bien que quand Inès fût près de moi à l'atelier je me sentisse étrangement calmé. C'était nouveau. Jusqu'à ces jours, je n'avais jamais vraiment désiré. À peine s'agissait-il de brusques envies aussitôt satisfaites. J'ignorais cette lente obsession qui ronge tout à l'intérieur, détruit l'équilibre de la vie spirituelle, s'installe en maîtresse et ne cède le pas à rien.

Le plus curieux, c'est que la seule présence d'Inès me calmait. Quand je la quittais après deux heures passées à côté d'elle, je me sentais aussi détendu que si je l'avais possédée. Nous n'en continuions pas moins de rester l'un et l'autre sur une extrême réserve. Par moments, cette réserve avait surtout l'air morne. Seul l'instinct me disait que cette fille ne pouvait pas être aussi passive que l'apparence permettait de le croire. J'en eus la preuve au premier match que je vis Jean livrer contre un boxeur arabe à l'Élysée-Montmartre. Son cinquième combat professionnel, et pour moi mon premier spectacle de boxe. Quand j'y pense, c'est fou le nombre de choses que la rencontre d'Inès m'a conduit à découvrir !

Les Dudelé, Betty Aston, M. Barbe, Victor et Inès m'avaient donné rendez-vous dans une brasserie du boulevard Rochechouart. Victor s'était occupé des billets. Je le voyais pour la première fois... en civil, si j'ose dire, sans sa blouse couverte de taches, sanglé dans un petit costume gris clair rehaussé par une cravate rouge sang-de-bœuf. Notre massier avait belle allure pour le quartier. Quand nous arrivâmes dans la salle enfumée, je ne distinguai d'abord rien que le ring écrasé par une lumière blanche. Au milieu gesticulaient deux jeunes garçons, l'un très beau, l'autre avec le visage déjà écrasé.

— Ce n'est rien, dit Victor. Ce sont les combats d'amateur.

Un placeur nous désigna deux fauteuils au premier rang, et cinq autres au deuxième. J'entraînai Inès pour être seul avec elle. Nous nous assîmes au coup de gong.

Les deux garçons avaient rejoint leurs coins où des hommes en blanc les faisaient cracher dans une bassine émaillée.

— J'ai déjà mon favori, dis-je à Inès.

— Moi aussi, c'est le gentil brun.

— L'autre est vraiment trop laid.

— Oui, mais c'est le laid qui va gagner.

Elle avait raison. D'entrée, au troisième round, le laid estoqua le gentil brun qui tomba sur les genoux, l'air hébété. Relevé à huit, il retourna au tapis, voulut se relever, mais l'arbitre arrêta le combat d'un geste presque paternel. La salle avait à peine hurlé.

— L'atmosphère n'y est pas encore, dit Inès.

Je voulus prendre une cigarette : mes mains tremblaient. J'avais la paume moite, la gorge sèche. Il fallut subir encore deux médiocres combats avant celui de Jean contre un Mohammed quelconque. Des cris fusèrent de divers coins de la salle : quelques gars des Halles étaient venus encourager leur copain. En revanche, depuis le promenoir, des Arabes l'injurièrent. Je ressentais une vague inquiétude, comme un sentiment de claustrophobie. Aveuglé par la lumière du ring, je ne voyais les autres spectateurs que dans une brume bleutée peuplée de brutes. Je pensais aux combats de gladiateurs dont le terme fatal m'avait toujours glacé d'horreur, lorsque Jean, drapé dans un peignoir violet, apparut, livide, les lèvres serrées. Où était passé le doux peintre naïf qui mordillait son pinceau ? En face de lui monta un garçon basané aux cheveux crépus, aux arcades sourcilières écrasées. Une longue balafre rose sciait sa joue gauche.

Derrière nous, Victor s'agita.

— Je m'en vais, dit-il. Je suis au café en bas. Vous me préviendrez quand ce sera fini.

Inès m'expliqua qu'il ne pouvait pas supporter les combats de Jean. Chaque fois, il se promettait de rester, mais à la dernière minute le cœur lui manquait.

Debout, au bord du ring, le speaker présenta les deux boxeurs : « C'est lui ! » cria la foule quand Jean se leva à l'appel de son nom. « C'est l'autre » cria-t-elle au tour de Mohammed. Puis, Jean retira son peignoir violet pour apparaître en culotte rouge. Du même coup, je découvris la terrifiante musculature de son dos, les omoplates gonflées, les biceps bourrés à craquer, et les jambes courtes aux mollets minces, aux cuisses puissantes.

Dès le premier coup de gong, les deux hommes prirent leurs distances à bout de bras, tournèrent en s'épiant derrière leurs énormes gants de cuir. Ils échangèrent quelques coups très vite et leurs poitrines furent marquées de taches roses. Mais ce round d'observation s'acheva sans histoire. Je respirai. Inès cria quelque chose à l'adresse de Jean qui, affalé sur son tabouret, nous fit un clin d'œil. Le gong résonna et mon angoisse revint. Mohammed attaquait en larges swings qui débordaient un peu notre ami pourtant bien couvert. J'eus peur jusqu'à ce qu'il réagît avec une violence et une rapidité folles par des directs doublés à la face et au foie. Sous cette mitraille, l'Arabe recula dans les cordes et se cacha le visage dans les gants.

— Il perd son temps, dit Inès avec calme.

Je la regardai : elle fumait sans aucune nervosité. Son visage ne tressaillit que lorsque du fond de la salle une voix avinée cria :

— Du sang ! Du sang !

L'Arabe venait de se dégager avec une feinte que je ne compris pas et il attaqua à son tour, en lançant des coups de boutoir que Jean, presque accroupi sur ses jambes agiles, évitait avec une adresse qui fit rire la foule.

— Du sang ! cria encore l'inconnu.

Des voix lui enjoignirent de se taire, mais l'ivrogne reprenait son refrain. Je cherchais à voir où il se trouvait quand un « oh ! » de la foule, me rappela vers les boxeurs. Jean, le sourcil fendu, avait le visage en sang. Le gong le ramena dans son coin. L'arbitre vint l'examiner et parlementa avec le manager.

— Pourvu qu'il le laisse continuer, dit Inès. Ce serait trop injuste ! Sur un coup de tête...

Le visage épongé, l'hémorragie arrêtée au collodion, Jean reprit le combat. Avec horreur, je m'aperçus que l'Arabe visait à rouvrir la blessure. Une nausée me guettait et je dus faire un effort immense pour rester assis. Quand le sang ruissela de nouveau, la foule commença de hurler.

— S'il ne le descend pas tout de suite, l'arbitre arrêtera le combat, dit Inès.

Jean avait compris qu'il fallait conclure. Puisant dans ses forces encore intactes, il se déchaîna, frappant sous tous les angles, encaissant sans broncher. La foule se leva, l'encourageant de la voix, tandis que l'on entendait toujours le fou qui hurlait :

— Du sang ! Du sang !

Ma nausée avait disparu. Je tenais Inès par le bras. Elle tremblait de rage.

— Jean ! cria-t-elle. Jean, tue-le, tue-le !

Assourdi, hébété, la lèvre fendue, l'Arabe ne tenait

plus debout que par miracle. Son regard se fit vitreux. Il plia un genou, se releva et reçut en plein visage la serviette mouillée de son soigneur. Le combat terminé, Jean était couvert de sang.

Lâchant le bras d'Inès, je courus dans l'allée entre les fauteuils, vers les toilettes où j'arrivai juste à temps pour soulager cette nausée qui me guettait depuis le deuxième round. Quand j'en sortis ce fut pour me heurter dans le couloir à M. Barbe qui commentait le combat.

Au café en bas, nous retrouvâmes Victor rayonnant qui avait commandé une bouteille de mousseux.

— Hein ! me dit-il. Vous avez vu ! C'est un terrible, mon Jeannot. Un champion, un grand champion !

Inès restait très pâle. En la regardant, je me demandais si elle avait bien crié les mots atroces : « Tue-le, tue-le ! »

Peu après Mme Barbe qui n'aimait pas la boxe nous rejoignit et je connus cette imposante personne. La verrue de sa joue droite me fascina jusqu'à ce que je découvrisse les dix ou douze bracelets de pacotille de son poignet gauche. Plus tard, Victor m'expliqua qu'elle avait dansé de nombreuses années à Bataclan avant de connaître l'amour conjugal avec M. Barbe. Elle avait de beaux restes d'ailleurs : un tout petit nez perdu dans le visage gras, et deux jambes très fines qui portaient par miracle un bassin et un derrière de percheron. Je l'aimai bien tout de suite. Quand Jean nous rejoignit, un pansement sur l'œil, elle s'empara de lui et le fit manger à la cuiller.

Vers une heure du matin, nous nous séparâmes. J'habitais juste à côté. Inès partit en taxi avec les Barbe. Je me couchai épuisé, sans penser à elle. Pourtant cette nuit-là je me réveillai en sueur, parce que dans un cauchemar j'entendais Inès crier de nouveau : « Tue-le, tue-le ! » Je me rendormis très mal.

Le lendemain, Jean ne vint pas à l'atelier. On lui radiographiait sa main droite endolorie. Victor fit l'important, mais M. Barbe imposa le silence. Nous nous replongeâmes dans notre travail. Le modèle était une négresse couchée sur un drap sale, la main sur son ventre. « Le négatif d'Olympia », nous expliqua le massier. Inès avait repris son visage habituel, si paisible que je ne sus plus si j'avais ou non rêvé son accès de fureur homicide. Elle me raconta ses vacances de l'an dernier en Bretagne, dans l'île de Bréhat. Un capitaine au long cours en retraite était tombé amoureux d'elle. Tous les matins, il lui déposait à l'hôtel un petit bateau prisonnier d'une bouteille. Elle en avait maintenant une incomparable collection. En échange elle lui tricotait des chaussettes.

— Vous savez tricoter ? demandai-je.

— Non. Je mens un peu. C'est maman qui les lui tricotait. Il a toujours cru que c'était moi. Et d'ailleurs, pourquoi ne tricoterais-je pas ? Le monde n'est pas assez simple pour que l'on puisse le diviser en femmes qui tricotent et en femmes qui ne savent pas tricoter. Si un jour je dois me marier j'apprendrai tout cela. Je sais déjà faire cuire un œuf. Et vous ?

— Moi ? Je connais la manœuvre du steak aux pommes et celle de l'omelette. Mais d'ordinaire, je me contente de jambon et de salade russe. Enfin, je sais aussi remplacer des plombs qui ont sauté. J'ai peur que, sur une île déserte, nous soyons condamnés à mourir de faim par ignorance.

— Une île déserte ! Quel ennui ! Voilà bien le rêve

des hommes !... Ce n'est pas le mien. Et puis après tout si... qu'est-ce que je dis... j'aimerais une île déserte, j'aimerais cela certains jours... avec juste un amant...

Un amant ! Le mot, autant que l'exaltation brusque d'Inès me serrèrent le cœur. Je haïssais ce mot dans sa bouche. Même pour rire, il était intolérable. Je dus pâlir, car elle se pencha pour me regarder par en dessous, et, d'une voix que je ne lui connaissais pas, me dit avec douceur :

— Ce pourrait être vous !

Je le répète, car dans le désordre de mon récit on pourrait s'y méprendre, nous nous connaissions à peine. En trois semaines, nous n'avions échangé que des banalités. Me déroutait, en elle, cet art subtil de retourner les situations juste au moment où elles vont être trop grillées sur une face. Je ne me faisais déjà plus une idée simple d'Inès : chaque jour des éléments nouveaux estompaient la première image et je maudissais mon inexpérience. L'inquiétude me gagnait en même temps que je me sentais de plus en plus épris d'un être qui me *dépassait*.

La vie de l'atelier exerçait sur moi une grande fascination. J'y découvrais des êtres en liberté que la vie n'embarrassait pas, tout au moins pendant les heures de travail. Jean revint. On lui avait retiré ses agrafes à l'arcade sourcilière et il n'éprouvait plus qu'une légère douleur à cligner de l'œil pour prendre la mesure exacte de son modèle. J'admirais sa tranquillité, sa force et il me paraissait merveilleux qu'étant aussi puissant, aussi courageux, il n'en fît pas sans cesse étalage. Ses mots trahissaient une fraîcheur d'âme, une absence de desseins qui tenaient du miracle si l'on savait où Victor s'était donné la peine d'aller le repêcher.

Les six premières victoires de Jean lui ouvrirent des salles moins miteuses que l'Élysée-Montmartre ou le Central. L'atelier suivit son ascension et j'appris à connaître les jeudis de Wagram où dans une atmosphère de salle de bal des jeunes gens à la peau livide échangent des horions ponctués par les cris de la foule. Je m'habituais et ne vomissais plus à la vue du sang. Jamais plus Inès ne cria « Tue-le, tue-le », mais une fois où notre héros se trouva en difficulté au milieu du combat, elle saisit ma main et dans ma paume planta ses ongles qui me déchirèrent. Je la regardai sans broncher : lèvres crispées, ses yeux fermés à demi, elle vibrait avec une telle intensité que je me demandai si ce spectacle n'équivalait pas pour elle à une secousse amoureuse. Plusieurs fois ainsi, je la sentis au bord du râle, et après la réunion je devais avouer que moi aussi je me sentais épuisé comme si j'avais aimé, les jambes molles, la bouche amère, poursuivi par une petite tristesse. Je ne désirais plus Inès et au lieu d'insister je laissais toujours les Barbe la ramener en taxi chez elle après que nous ayons bu de la bière dans une brasserie de l'avenue de Wagram.

Peu à peu la boxe devint un vice. Je n'y allai plus seulement pour les combats de Jean et un soir j'entraînai Inès à un grand match au Vél'd'Hiv'. Malgré le prix exorbitant que j'avais payé pour des fauteuils, nous étions assez loin du ring et l'effet sur Inès ne fut pas du tout le même. Elle assista, détachée, à la bagarre qui opposait un beau Noir aux muscles huilés à un titi parisien. En partant, j'offris à Inès de la raccompagner en taxi.

— Ce n'est pas la peine, dit-elle. Je n'habite pas loin, square Guillaume-Francœur. J'irai à pied.

— Je vous accompagne.

Nous marchâmes le long du quai de Passy. Il faisait froid, sous un ciel pur. Des camions passaient en trombe. La Seine paraissait morte. Je pris le bras d'Inès.

— C'est curieux, dit-elle, ce soir je n'ai pas eu de plaisir. Je préfère les petites salles où l'on a le nez sur les boxeurs. Impossible de manquer un coup.

— Je suis désolé, je n'étais pas très riche.

— Vous devriez vous secouer pour gagner un peu d'argent, écrire des articles, donner des leçons. Je ne sais pas moi...

— Jusqu'au moment où je vous ai rencontrée, je n'avais pas de raisons de me secouer.

— Oh ! Pour moi... Regardez.

Elle se pencha au-dessus du parapet. Une péniche à quai avait gardé ses lumières. Par les petites fenêtres aux rideaux tirés, on apercevait un homme et une femme debout, enlacés.

— L'île déserte... la péniche... Tous les romans-feuilletons. Vous devez aimer cela, vous ? dit-elle.

— C'est humain. Qu'y puis-je ? Aimer une femme, c'est toujours désirer l'avoir pour soi, rien que pour soi.

— Ne parlons pas de cela.

Avenue de Versailles, nous trouvâmes un café ouvert. Inès commanda une bière et un sandwich.

— Pendant la guerre, dit-elle, j'avais toujours faim. Nous habitions Londres et mon père voulait donner le même exemple que les Anglais. Je n'ai jamais su me rationner. En dix minutes, je dévorais mon chocolat de la semaine, parce que je savais qu'au collège les garçons partageraient leurs sucreries avec moi. Alors, pourquoi me priver ?

— En effet, pourquoi ?

Nous étions les derniers clients du café. Auteuil se couche tôt. Si l'on veut traîner c'est ailleurs que l'on va. La caissière faisait ses comptes. Un chat s'étirait sur le zinc. Le garçon rangeait les chaises, pieds en l'air, autour de nous. Une forêt aux fûts décharnés menaçait de nous encercler. En sortant, l'air froid nous sauta au visage. Inès grelotta dans son manteau beige. Je lui pris le bras et nous marchâmes au même pas.

— C'est là ! me dit-elle en désignant un square mal éclairé.

Devant la porte, j'hésitai un instant, et ce fut elle qui, passant ses bras autour de mon cou, m'embrassa sur les joues.

Dans la nuit glacée, je suis rentré à pied jusqu'à Montmartre après m'être arrêté un long moment sous l'Arc de triomphe où j'ai regardé brûler la flamme jaune du Soldat inconnu. On ne lit rien dans le feu que le tremblement de ses propres pensées, leur incertitude, leurs changeantes couleurs. Comme la flamme, elles se consument d'elles-mêmes. Un jour un paquet d'eau les éteint. Ou ne les éteint pas. Et alors ces pensées sont des termites qui vous rongent à mort.

J'aimais Paris, cette grande ville noire où chacun peut choisir ses points névralgiques et jusqu'à la teinte de ses nostalgies. En même temps, j'en avais peur comme un petit provincial parce que je n'y avais pas de souvenirs d'enfance. C'est terrible un souvenir d'enfance : une marque indélébile, un monde à part. Tout ce que je pouvais espérer, c'est qu'Inès n'en avait avec personne, ou que, du moins, à cause de la situation de son père, ces souvenirs valsaient dans sa tête — Londres, Madrid, Oslo, Berlin — et n'avaient pas la curieuse emprise des miens.

J'ai regagné Clichy par les Batignolles où le froid chassait les amants blottis sous les platanes. Sous le pont du chemin de fer, les trains sertis de lumière jaune glissaient silencieusement sur un fond de rails noirs. Les feux rouges et verts clignotaient dans la nuit et je respirais l'odeur de phosphore des moteurs électriques. Les gares inspirent une sourde mélancolie à qui les laisse mugir dans son cœur avec leurs sonneries grêles, leurs lampistes égarés dans les voies, leurs voyageurs hébétés, poisseux d'orange, gris de poussière, qui s'enfoncent dans les ténèbres.

Place Clichy, un couple s'embrassait et je cherchai sur ma propre joue le baiser timide d'Inès. Il s'était envolé. Le froid avait durci ma peau sous laquelle pointait déjà la barbe. Demain, il faudrait recommencer, sinon je ne serais jamais heureux.

Mais le lendemain, il y eut du nouveau à l'atelier. Inès, arrivée la première, me gratifia d'un sourire où je ne vis qu'indifférence et oubli de ce brusque élan qui l'avait jetée à mon cou. Je l'avais désirée toute la nuit et elle ne le savait pas. Victor passa derrière moi en claquant la langue pour feindre l'admiration, puis s'arrêta près d'Inès :

— Eh bien ? Et Michel ? Quand revient-il ?

— Bientôt, je crois. Il a écrit hier à maman. Il va tout à fait mieux. Nous le reverrons après les fêtes, en janvier.

— Tant mieux ! Je me « languissais » de lui !

Il aurait fallu être naturel, mais ce nom, rien que ce nom m'avait déjà blessé. Je ne pus me contenir que quelques minutes avant de questionner d'une voix que je ne reconnus pas.

— Qui est ce Michel ?

Inès leva la tête et me regarda comme si je la prenais en flagrant délit.

— C'est mon cousin.

— Pourquoi ne m'en aviez-vous pas parlé ?

Une sorte d'étonnement pénible la défigura un instant et ses yeux s'embuèrent.

— Je vous demande pardon, dis-je. Ce n'est pas ma faute. Je vous aime.

Elle détourna la tête pour répondre :

— Je ne le savais pas. Vous avez eu une étrange façon de me le faire comprendre. C'est bête, c'est comme si quelque chose venait de casser entre nous...

Michel ? Je l'ai tout de suite haï. Rien qu'en écrivant son nom, ma plume tremble encore. Même la mort n'a pu éteindre en moi cette haine qui, au début, avant que je *sache,* me faisait d'autant plus de mal qu'elle m'apparaissait sans objet, que j'étais à cent lieues de deviner mes solides raisons de lui en vouloir. Je le détestais pour rien, j'allais presque dire pour l'honneur.

Quand, de ma fenêtre sur la plage, j'ai vu Giacomino éparpiller les galets du tumulus et dégager une tête aux cheveux noir de jais, tout de suite j'ai su que c'était lui. Et en accourant, je n'avais qu'une pensée : m'assurer de sa mort. Son visage d'ordinaire si pâle, que même le soleil de la Méditerranée ne parvenait pas à le bronzer, avait déjà verdi. Les lèvres mauves béaient sur une denture dont la blancheur avait quelque chose d'insolite dans ce masque aux yeux vitreux pleins d'incompréhension. Une lanière de varech barrait son front. J'ai aidé Giacomino à découvrir entièrement le corps moulé dans une chemisette trempée, un pantalon de toile bleue collé aux jambes. Nous l'avons tiré un peu plus haut, vers le sec, et ce paquet de nerfs m'a paru d'une incroyable raideur. Pour un peu, je l'aurais engueulé de se bander ainsi. Une mince cordelette à nœud coulant sciait son cou. Giacomino lui ferma les yeux. Cette incompréhension n'était pas supportable.

Plantant là notre carabinier, j'ai couru vers la maison pour réveiller Inès. Quand je suis entré elle était debout devant le miroir de son lavabo, en train de brosser ses cheveux, drapée dans un peignoir éponge bleu. Les volets étaient encore fermés, pourtant j'eus tout de suite l'impression qu'Inès ne pouvait pas ne pas nous avoir vus, et je fus frappé par la pâleur et le tremblement de ses lèvres.

— Qu'y a-t-il ?

— Michel est mort, là sur la plage.

Elle s'est donné un coup de brosse de trop avant de cacher son visage dans ses mains.

— Pourquoi dis-tu cela ? a-t-elle demandé.

— Giacomino et moi, nous venons de le déterrer. Il était enfoui sous un tumulus de galets. On l'a tué. Très exactement on l'a étranglé.

Elle a relevé la tête. Ses yeux s'emplissaient de larmes. Aux commissures des lèvres, je vis se dessiner une moue amère. J'avais l'impression que nos deux attitudes étaient fausses, que n'importe quel observateur impartial aurait deviné que nous cachions l'un et l'autre un des éléments de cette vérité que nous ne connaissions pas entièrement, mais qu'il faudrait bien, un jour, accepter de voir en face et ensemble.

Inès a fait un pas vers moi et mes bras se sont ouverts. J'ai reçu un corps tremblant qui gardait la tiédeur de la nuit. Pieds nus, elle m'arrivait à l'épaule et ma bouche s'est posée dans sa lourde chevelure qui sentait l'eau de mer et la lavande. Elle trembla. Je ne sais combien de temps nous sommes restés ainsi, peut-être dix minutes, jusqu'à ce que la grosse voix de Giacomino s'élevât dans le couloir en bas de la maison. Il m'appelait. Inès ne voulait pas me laisser partir. Son corps pesait contre le mien. Une douce envie d'elle me prenait. Mais nous avons entendu la voix de M. Barbe qui répondait au carabinier.

Plus tard, dans la matinée, des policiers en civil sont venus. Ils ont relevé nos noms, pris des photos du cadavre que l'on avait laissé sur la plage en le recouvrant d'un drap blanc.

À genoux dans leur cuisine, face à une Madone au voile d'un bleu éclatant, Assunta et ses deux nièces ont prié plus d'une heure. Carlo n'avait pas osé planter les parasols, ni aligner les fauteuils, et les premiers baigneurs venus de Prieto par la pinède se sont massés à l'extrémité opposée de la plage, comme si ce mort était contagieux. Inès restait dans sa chambre, le visage enfoui dans l'oreiller. Vers onze heures, je suis allé la prévenir que l'on emmenait Michel sur un brancard, mais elle a refusé de le voir partir.

L'attitude des autres ? Je ne sais plus. Nous vivions des minutes tantôt anormalement longues, tantôt très courtes, et chacun s'efforçait de croire à cette chose incroyable : comment la vie quitte-t-elle un corps, pourquoi ne peut-on la rendre à ce corps ? Toute notre légèreté ne peut effacer ce déchirant mystère.

Mme Barbe pleurait à petits coups, le nez dans un mouchoir. Les Dudelé s'isolèrent comme à leur habitude, mais sans emporter leur boîte de peinture et le chevalet portatif sur lequel ils travaillaient à tour de rôle. Betty Aston, après avoir tourné en rond une partie de la matinée, finit par s'en aller discrètement en direction de Prieto pour retrouver Doudi. Victor et Jean s'installèrent auprès du cadavre jusqu'à ce qu'on vînt l'enlever. Aucun des deux ne parla. Quant à M. Barbe, il marchait de long en large sur la terrasse en se massant le ventre et en répétant : « C'est incroyable ! C'est incroyable ! » Coiffé de son panama jauni par le temps, il avait l'air d'un planteur de café en détresse. Depuis dix ans qu'il louait cette maison pour venir y passer des vacances avec ses élèves préférés qu'il emmenait peindre « d'après nature », c'était le premier accroc à sa fameuse phrase : « Tout marche, tout marchera sur des roulettes. » Cette fois, les roulettes n'avaient pas été bien huilées : un homme venait d'en mourir et le coupable devait se trouver parmi nous.

L'inspecteur qui arriva au début de l'après-midi nous le fit bien comprendre. L'interrogatoire se déroula dans la chambre des Barbe. Un par un, nous y entrâmes. Quand ce fut mon tour, Inès en sortait. Elle vint droit vers moi, les larmes aux yeux, jetant ses bras autour de mon cou. Elle parla si bas que c'est à peine si j'entendis :

— Je lui ai raconté que nous nous étions couchés à onze heures, et que tu avais passé presque toute la nuit avec moi.

— Signor Garanchiéré, appela un policier.

Inès s'écarta et je pénétrai, tremblant, dans la chambre où l'inspecteur s'était installé derrière une table. À ses côtés un carabinier engoncé dans son uniforme raide tapait à la machine. L'homme était jeune, environ la trentaine. Il parlait un assez bon français, mêlé d'italianismes comme on en trouve dans les comédies de boulevard. Il me fit asseoir et ouvrit mon passeport. Par la fenêtre ouverte, on apercevait un morceau de la plage sur laquelle Carlo avait fini par replanter ses parasols rouges. Des enfants jouaient au bord de l'eau. À part cette pièce où nous nous tenions, tout semblait déjà effacé du cauchemar de la matinée.

— Vous parlez italien ?

— Non.

Il sembla déçu et caressa une moustache de don Juan qui soulignait une bouche sensuelle dont il devait être fier. Il avait retiré son veston et sur la chemise de soie on lisait deux énormes initiales entrelacées. Je me suis efforcé de lui parler avec lenteur, pesant chacun de mes mots. Je ne connaissais Michel que comme un des élèves de l'atelier Barbe et comme le cousin d'Inès. Nous ne nous étions jamais autant vus que cet été. À Paris, nos relations se bornaient à des « bonjour » « au revoir ». Il ne venait même pas avec toute notre bande aux soirées de boxe à Wagram où Jean triomphait. J'avouai volontiers qu'il ne m'était pas sympathique. Quelques jours auparavant nous nous étions même querellés assez violemment et si Jean n'était pas intervenu, nous nous serions probablement battus.

Le policier esquissa un sourire et je fus assuré de n'avoir pas trop parlé. Il savait déjà, sans doute par Carlo ou par Assunta, qu'un après-midi, à l'heure de la sieste, j'étais monté chez Inès qui dormait nue sur son lit. Je l'avais regardée un long moment, comme je l'ai raconté plus haut, et j'étais ressorti sur la pointe des pieds pour me heurter sur le palier à Michel pâle de rage, les yeux enfiévrés. Agrippé par lui, je l'avais quand même forcé à redescendre sur le palier d'en dessous. Là, nous avions roulé par terre jusqu'à ce que Jean arrivât pour nous séparer. D'en bas, Carlo, alerté, nous avait vus.

Affectant de prendre cette rixe à la légère, l'Italien

me demanda si je pensais que Michel était l'amant d'Inès.

— Non ! dis-je avec assez de force pour qu'il esquissât un sourire.

— Et vous ?

— Moi non plus.

— Et qu'avez-vous fait hier au soir ?

— Je suis resté un assez long moment sur la terrasse après le dîner, en compagnie d'Inès et des Dudelé. Nous avons fumé presque sans parler jusqu'à onze heures, puis nous sommes tous montés nous coucher. Jean, Victor et Michel devaient être à Prieto avec Betty Aston. Les Barbe s'étaient retirés comme à l'habitude très tôt dans leur chambre.

— En somme, personne n'a pu contrôler votre emploi du temps entre minuit et sept heures, ni celui de votre amie.

Inès avait-elle voulu me sauver, nous sauver ? Dans quel but mentait-elle ? Le pire est qu'au risque de passer pour un atroce mufle, je ne pouvais pas lâcher notre imaginaire alibi sans y être invité expressément. Mais le policier crut bon de me faciliter les choses.

— Un fonctionnaire peut tout entendre, me dit-il en allumant un cigarillo dont les premières bouffées répandirent dans la pièce une odeur écœurante.

Au-dehors, la voix forte d'Assunta cria le nom de Nineta. La mer brillait au soleil. L'eau portait jusqu'à nous les rires et les borborygmes des enfants qui jouaient avec des périssoires et des pédalos.

— Alors ?

— Ce n'est pas à moi de parler le premier, dis-je.

— Vous voulez dire qu'une personne pourrait vous fournir un alibi en parlant la première.

— Oui.

— Je crois pouvoir avancer que c'est fait !

— Si vous êtes au courant, pourquoi me le demandez-vous ?

— Pour en être certain. Si cette personne avait menti, ne croyez-vous pas qu'il y aurait là quelque chose de très étrange ?

— Inès n'a pas menti. Nous avons passé la nuit ensemble.

— Ce sont des choses qui doivent parfois être vérifiables.

Il se leva et fit signe au carabinier d'abandonner sa machine.

— Voulez-vous nous suivre ? dit-il.

Mes jambes flageolèrent pendant deux étages. Devant la porte d'Inès, nous nous arrêtâmes à bout de souffle. La chaleur de l'après-midi dans cette maison exposée au plein sud devenait vite intolérable et donnait la nausée au moindre effort. L'officier frappa. Inès répondit : *avanti.* Elle venait de s'habiller d'une robe sombre très décolletée. La chambre sentait la lavande fraîche. Par ordre de la police on n'avait touché à rien depuis le matin et le lit aux draps roulés en boule offrait un assez misérable spectacle. Sans un mot, l'Italien retira le premier drap. Celui du dessous était pollué. La bouche sensuelle esquissa un sourire qui déséquilibra la moustache.

— Votre cigare sent mauvais, dit Inès.

Il s'excusa et le lança par la fenêtre. Une main invisible me broyait le cœur. Inès évitait mon regard, ne fixant des yeux que l'officier ironique.

— C'est bien ! laissa-t-il enfin tomber.

Je me détournai pour qu'il ne vît pas tout ce que mon

visage était incapable de dissimuler. Un sentiment d'horreur et de haine venait de m'envahir avec une violence telle que je ne pouvais plus proférer un mot. En trois pas je gagnai la porte et descendis l'escalier, chancelant. Jamais plus rien au monde ne ressemblerait aux mois exaltants que je venais de vivre. L'espoir même du bonheur mourait. Il faudrait maintenant respirer malgré le poids de ce désastre dont les conséquences me paraissaient incalculables. Que signifieraient désormais les menues joies de l'existence, le désir fou, l'impatience, la tendresse ? Il n'y aurait plus que le vide et les pensées atroces remuées comme ces laves nauséeuses qui bouillonnent dans les petits cratères des solfatares de Pozzuoli. Il me semble que, à cette minute, j'eus pleine conscience de l'avenir qui m'attendait : de rares éclaircies sur un fond de tristesse.

Ces lignes me coûtent : je vois bien qu'elles n'expriment pas la torture raffinée que peut infliger un être dont la chair vous a trompé. Les mots seraient-ils capables de dire cette torture, que ce ne serait déjà plus l'enfer. Car c'est l'enfer. À remâcher ces angoisses folles, je les sens qui reprennent d'un coup leur ténébreuse puissance sur mon cœur. Pourtant, les jours qui suivirent, je ne songeais pas à la mort comme à la seule solution de ces tourments. Je souffrais physiquement, et, en bon malade, je croyais fermement à une guérison. Il ne me paraissait pas possible que cet étau dans lequel j'étouffais ne finît un jour par se desserrer. Je me disais que seraient balayées ces images obsédantes du corps d'Inès caressé par un autre que moi, qu'il y aurait d'autres révélations. Au fin fond du désespoir, je n'en gardais pas moins un certain optimisme, la certitude d'une rédemption. Cette rédemption existe-t-elle vraiment ? Le R. P. Léger me répondrait que oui, mais, une fois de plus, nous ne parlerions pas le même langage et ses espérances seraient d'un autre monde, alors que c'est dans le nôtre que je veux vivre, même avec cette blessure dont la souffrance constante voile le moindre de mes gestes, brise mes quelques rares élans.

Après avoir quitté la chambre d'Inès, je me dirigeai vers la plage. Carlo y donnait une leçon de natation à une grosse Danoise terrifiée. En me voyant, il fit un clin d'œil complice qu'il sembla regretter aussitôt. Ce n'était pas le jour de rire et sur le pas de la maison jaune se profilaient les silhouettes des carabiniers et de l'inspecteur. Leur seule vue le hérissait. Il crachait à gauche pour conjurer le sort et détournait la tête.

Je m'assis au bord de l'eau pour contempler la mer nue jusqu'à l'horizon fondu dans une brume blanche de chaleur. Et tout d'un coup, de ce décor de la pointe de la Vecchia, de la pinède, de la plage colorée émana une ardente mélancolie. Ce que nous avions vécu jusqu'à la découverte du cadavre tombait dans le passé. Une telle brisure me laissait pantelant. N'ayant rien mesuré, j'avais respiré l'air du jour comme celui de la veille. Est-il permis d'être à ce point aveugle, inconscient de l'avenir, si mal averti des catastrophes qui peuvent fondre sur nous et tout détruire d'un coup ? Je me remémorais ce que j'avais expliqué à Inès sur la pureté. Les cœurs purs traversent la vie sans rien lui abandonner. La pureté est une grâce. Mais les grâces sont-elles définitives, absolues ? Je ne le crois plus. À chaque manquement, c'est un peu de nous-mêmes qui s'effrite. Il n'y a pas de grâces hors d'atteinte...

Tard dans l'après-midi, la police s'en alla. Nous n'osâmes cependant plus nous réunir. Il y avait un coupable, des coupables parmi nous. Personne n'en doutait. Et sans doute étions-nous chacun *un peu* coupable. Assunta nous cuisina un dîner de poisson. À notre grande table présidée par les Barbe (Madame avait les yeux aussi rouges que son mari les avait jaunes), le couvert de Michel ne figurait plus entre Jean et Mme Dudelé. Pas un mot ne fut échangé pendant le repas. Deux ou trois fois, le coude d'Inès heurta le mien et je me retirai avec un sentiment de répulsion. Après le café, nous nous dispersâmes. La grosse Betty feignit d'hésiter, puis disparut en direction de Prieto. Doudi l'y attendait. Il y avait quelque chose de lubrique et d'ignominieux dans cet accouplement forcené.

Assunta éteignit ses feux, et, sur le coup de dix heures, monta dans la barque qui la ramenait au port avec ses nièces. Jean, Victor, les Dudelé, les Barbe, puis Inès regagnèrent leurs chambres. Je restai sur la terrasse un long moment à contempler le ciel constellé, la mer noire. Mais ce n'était plus supportable. Une certaine forme de beauté conduit les pensées droit aux mystères de la mort. Je montai à mon tour dans la chambre et ouvris la fenêtre avant de m'allonger dans l'ombre sur mon lit en fumant. Je n'avais pas achevé ma cigarette, qu'Inès poussa la porte, attendit un moment sur le seuil, puis d'un élan se jeta pantelante sur mon lit.

Elle trembla, puis sanglota sans un mot. Un long moment, j'attendis avant de passer mon bras autour d'elle. Les sanglots s'apaisèrent. Ma main caressait sa nuque, soulevant la lourde masse des cheveux noirs épars à l'odeur de lavande et d'eau de mer. L'étau se desserrait. Moi aussi, comme elle, j'éprouvais un immense besoin de tendresse. Nous n'étions plus, soudain, que deux enfants perdus que la vie vient de frapper cruellement dans ce qu'ils ont de plus cher : l'idée qu'ils se faisaient d'eux-mêmes. Inès se tut. Je n'entendis plus que son souffle régulier, mêlé au ressac des vagues sur la plage, au chant aigu des cigales de la pinède. La nuit nous apportait l'absence, le divin oubli. Il fallait surtout ne plus nous parler parce que nos voix nous trahiraient.

Plus tard, Inès remua. Je ne dormais pas et je savais, sans voir ses yeux, qu'elle regardait, découpé par le cadre de la fenêtre, le ciel qui pâlissait à l'approche du croissant de lune. Je retirai mon bras ankylosé qu'elle voulut retenir. Pour la calmer, pour lui jurer que, dans une absurde inconséquence, je la désirais encore, je caressai ses épaules, puis, sous la jupe, ses jambes jointes. Le désir vint comme je ne pensais plus qu'il viendrait jamais, d'abord très doux parce que nous étions deux êtres en détresse, puis grave, puis furieux parce qu'il se mêlait d'effacer l'ignoble souillure de la nuit passée, de toutes les nuits où j'avais rêvé à la pureté d'Inès avec une naïve passion.

La prendre, ce n'était rien encore. Il fallait lui arracher un cri de soumission, reconnaître enfin ce corps dont tant d'absurdes obstacles m'avaient séparé. Elle respirait plus vite, d'une gorge un peu rauque. Nos visages s'évitaient dans l'ombre et je goûtais à la chair salée de son épaule. Je la dévêtis et rejetai la robe froissée. Mon cœur battait à rompre. Je pouvais enfin toucher à l'interdit, remonter à la source du désir. De cette exploration à tâtons renaissait un corps vierge et magnifique, aux secrets dévoilés. Je parcourais une peau sans fards, abandonnée à l'inspiration des caresses. Une exquise volupté aurait pu s'épanouir en moi si tout d'un coup, aux portes du plaisir, n'avait surgi l'image intolérable du visage de Michel, verdâtre, les lèvres mauves ouvertes sur la denture blanche, le regard perdu et terrible. J'échouais, mais Inès voguait déjà et son corps se tendait sous le mien. Sur ses tempes humides de sueur, je posai un baiser mensonger.

Demain Pâques. Ce matin, le Père Léger m'a fait venir dans sa chambre du Collège après mon dernier cours. Il croyait, sans doute, que dans une atmosphère détendue, presque amicale, je me confesserais, ouvrirais mon cœur. J'ai fait le sourd jusqu'au moment de partir. La main sur mon épaule, il a dit sans me regarder :

— Est-ce vraiment si terrible que cela ?

— Non !

— Alors, parlez, Olivier.

— Je n'en vois pas l'utilité. Il est trop tard. J'ai l'habitude de vivre avec ce qui me ronge. N'est-il pas permis de garder pour soi des pensées dont l'amertume même finit par vous plaire ?

Sa main a quitté mon épaule. Un mur nous séparait.

— Vous avez tort ! Vous souffrez à plaisir. Un jour, vous n'en pourrez plus. N'avez-vous jamais besoin du Christ ?

— Par moments, si. Mais ces moments sont rares et Il reste trop loin de moi. Ce n'est pas que je parlerais plus volontiers à un être humain. Vous savez que je n'ai pas d'amis.

— Un prêtre n'est ni le Christ, ni un être humain, ni un ami. C'est à moi que vous pourriez vous adresser avec le plus de confiance.

— Il est possible qu'un jour, si enfin je me libère, ce soit grâce à un prêtre. Si vous continuiez de m'aider de votre compréhension, ce ne pourrait qu'être dans ce sens. Puis-je poser une question ?

— Toutes les questions, mon fils.

— Est-ce un péché mortel que de souhaiter la mort de celui ou de celle dont on sait qu'il vous a fait ou vous fera du mal ?

— Naturellement, c'est un péché grave !

— Et croyez-vous que si cette mort arrive, on en soit responsable ?

— Non et oui. Non dans la pratique et oui dans l'absolu, parce que nous ignorons tout des forces mystérieuses que déclenchent nos pensées, j'allais dire nos prières. C'est attenter à l'ordre divin que de souhaiter la mort de son semblable.

Devant mon silence le Père Léger se dirigea vers la fenêtre qu'il ouvrit en grand. Sur la pelouse verte du *campus* déambulaient des groupes d'étudiants et d'étudiantes. Ils marchaient d'un pas paisible en se tenant par le bras.

— J'aimerais vous voir redevenu comme eux.

— Ils ont la sérénité de la jeunesse, c'est-à-dire l'inconscience.

— Demain, ils communieront. Faites-en autant !

— Peut-être.

— Prenez votre voiture cet après-midi et allez dans une paroisse des environs. Les curés confessent à toute heure. Ce sont de braves hommes, généralement pas très malins. Ils peuvent tout entendre, car ils ne comprennent pas grand-chose. Je ne devrais pas vous dire cela. C'est vous inviter à tricher, mais ma conviction profonde est que si vous approchez la Sainte Table, vous avez une chance de retrouver la paix.

— Merci, mon Père.

Au milieu du *campus,* le groupe qui suit mes leçons sur le théâtre du XVIIe est venu à ma rencontre : cinq garçons et une fille, cette Yolande Lafleur dont les joues roses et les yeux gris sont si reposants. En marchant vers la cafétéria, nous avons parlé de l'*Antigone* de Garnier qui est au programme de la semaine prochaine. Cette exhumation les déconcerte. Pour la première fois, j'ai senti chez Yolande une sorte de frémissement contenu qui est plutôt touchant. Sa bonne santé lui interdit d'accéder aux grands sentiments par d'autres voies que la littérature. De Garnier la conversation a dévié sur le sentiment héroïque dans le théâtre moderne. Ils déploraient sa disparition. J'ai cité tout de même Montherlant et Claudel. Mais ils n'ont rien lu ou presque. J'aime l'impudeur de leur curiosité. Ils sont une merveilleuse terre vierge sur laquelle je pourrais cultiver bien plus que je ne l'ose. Par moments, j'ai l'impression de les décevoir, de rester très en deçà de ce qu'ils attendent de moi. Une main invisible me rattrape au moment où je m'exalte. Ce n'est d'abord rien qu'une petite pensée sournoise. Si je n'arrive pas à la chasser, alors elle se transforme en image. L'image d'Inès. Il m'est arrivé de terminer des cours dans un état presque second : je parlais sans entendre ma propre voix étouffée par une affreuse angoisse.

Après la cafétéria, notre groupe s'est dispersé. Yolande seule est restée près de moi. Elle avait quelque chose à me dire et je devinais bien que cela ne viendrait pas facilement. Nous marchions vers le parking sans nous être consultés, lorsque je lui ai demandé si elle m'accompagnerait jusqu'à un village des environs. Elle a dit oui et nous sommes partis dans la campagne verte. Nous ne parlions pas et j'avoue que j'aimais cette présence muette. De temps à autre, je regardais ses mains un peu grasses aux ongles faits, posées sur les cuisses qui tendaient la jupe de laine grise. Nous roulions parmi les champs de jeune blé sous un ciel bourrelé de nuages blancs. Au bout d'une heure, je me suis arrêté devant un snack-bar où nous avons bu de la bière et mangé un sandwich. Yolande mordait dans le pain frais où ses lèvres laissaient des traces rouges.

Nous avons repris la route vers Lemelinville en bordure de forêt. J'y avais remarqué la semaine auparavant une petite église au clocher de bois qui, je ne sais pourquoi, m'attirait.

— Personne ne vous attend à Québec? demandai-je.

— Non, je suis seule. Mes parents sont à Montréal, j'ai toute ma journée. Voulez-vous que je vous allume une cigarette?

Pour la porter à mes lèvres, sa main effleura mon visage. C'est bon, la main d'une femme. Je n'en ai pas baisé, caressé ou tenu depuis Inès. Ce bref contact m'apaisa :

— Vos camarades me font-ils l'honneur de penser quelque chose de moi?

Elle parut surprise de la question et vaguement

inquiète. J'appartenais quand même, malgré mon âge, à l'autre côté de la barricade. Qui trahirait-elle en répondant ?

— C'est un peu délicat. Nous parlons souvent de vous. Il me semble que c'est plutôt moi qui devrais interroger. Mais vous ne pourriez pas me répondre. Vous ne vous intéressez pas vraiment à nous. Je vous crois perdu ailleurs.

— Perdu ailleurs ?

— Oui, sans cesse rappelé vers quelque chose d'autre, très lointain ou très proche, je ne sais pas. Cela vous ennuie que je vous le précise ?

— Non.

Nous ne dîmes plus rien jusqu'à Lemelinville où je retrouvai la petite église. Yolande mit un foulard sur ses cheveux et m'accompagna. Le curé confessait à tour de bras. Quand ce fut mon tour, je m'agenouillai sur la planche dure.

— Récitez d'abord un *Pater,* me dit une voix bourrue.

Je le murmurai, puis commençai à parler de mes fautes : dix ans sans approcher la Sainte Table. Dans sa guérite le curé toussait. Il ne reconnaissait pas ce paroissien dont le parler devait lui sembler bien pointu. Il me demanda combien de fois j'avais été gourmand, mais ne s'inquiéta pas du péché de chair. Quand j'en vins à l'essentiel — ma terrible complicité avec Inès —, il ne broncha pas. Imaginait-il ce que pouvait être une plage d'Italie, un été de soleil, un désir fou, et le désespoir de l'amour trahi, lui ce brave curé canadien ? Il me donna l'absolution moyennant un nombre respectable d'*Ave* et de *Pater* que j'allai réciter à genoux devant l'autel, l'étau serrant de nouveau mon cœur avec une impitoyable force. Ni l'odeur de l'encens, ni le chuchotement des prières n'adoucissaient ma peine. Je ne m'étais délivré de rien, et je ne me délivrerai de rien tant que je ne parlerai pas à quelqu'un qui comprendra tout. Cette confession est une mascarade. Dieu me pardonnera sans doute ma tricherie. Elle ne fait que remettre les choses à plus tard.

À la sortie, j'ai retrouvé Yolande Lafleur qui, après avoir ôté son foulard, peignait ses cheveux d'un blond fade. Son air de santé, d'abord rebutant, m'a tout d'un coup semblé aimable. C'est une fille qui peut donner du bonheur. Nos regards se sont rencontrés. Mais comme les yeux gris sont énigmatiques ! Les siens ont des éclairs perçants que voilent aussitôt les paupières lourdes et frangées de longs cils pâles.

Au retour, elle a essayé de me parler des prochains cours. Un peu brutalement, je l'ai interrompue.

— Voulez-vous mettre la radio, s'il vous plaît ?

Dans la glace du rétroviseur, je l'ai vue rougir. Elle a cherché un programme de musique légère commenté par un speaker absurde. Quand il a annoncé des chansons napolitaines et que, naturellement, la première a été *Maruzella,* la rengaine de Carlo sur la plage de Prieto, une sorte de rage m'a pris :

— Non. Pas ça ! Ce n'est pas tolérable.

Elle a coupé le poste et s'est rencognée contre la portière, sans un mot. Pendant quelques minutes, j'ai conduit trop vite. Puis le calme est revenu. Je l'ai priée de m'excuser. Yolande s'est rapprochée de moi et a posé sa main sur ma jambe.

— Je vous aime, a-t-elle dit.

J'ai levé le pied, laissant la voiture courir sur son erre et s'arrêter d'elle-même. La main restait là sur ma jambe, accusatrice. C'était impossible. Un lourd camion nous doubla. Nous longions un champ de blé d'un aveuglant vert cru. Les nuages de l'après-midi commençaient à grisonner dans le ciel.

— Ne m'en veuillez pas trop, a-t-elle ajouté. J'avais envie de vous le dire depuis le deuxième jour où je vous ai vu. Je ne l'ai pas fait, parce que je pense que vous aimez encore quelqu'un d'autre.

— C'est vrai.

— En Europe ?

— Oui.

— Vous la reverrez ?

— Non. Jamais.

— Alors, ai-je le droit d'espérer ?

— Yolande, vous me parlez comme un homme peut parler à une femme. Mais d'une jeune fille — et canadienne de surcroît — ce n'est pas possible.

— Je m'en fiche, et ne vous moquez pas du Canada. C'est un pays où vous avez trouvé un peu de calme. Les êtres y sont sans détours. Que vous a fait cette femme pour que vous ne vouliez plus la revoir tout en l'aimant ?

— Je viens de m'en expliquer avec un prêtre qui n'a heureusement rien compris.

— Est-ce que moi je ne comprendrais pas ?

— Ce n'est pas cela, mais je saurai mal le raconter. Pour l'instant, je m'efforce de l'écrire. Peut-être un jour, vous montrerai-je ces pages !

J'ai saisi sa main encore puérile. Quel âge a Yolande ? Dix-huit, vingt ans au maximum. Il lui manque ce que j'ai le plus goûté en Inès : la race, un alliage léger de vertus et de faiblesse physiques, la fragilité des attaches, le sourire blessé, l'intonation de la voix, le mystère. Pourrai-je jamais désirer un type de femme différent ?

Je n'ai même plus la moindre envie de posséder un autre être, comme si les quelques nuits passées à faire éperdument l'amour avec Inès à Prieto, après le crime, m'avaient marqué au fer rouge. Mon corps est resté là-bas dans la maison jaune où les meilleurs élèves de l'atelier Barbe retourneront encore cet été « peindre d'après nature ».

Cette main dans la mienne, cet abandon auraient dû me toucher, mais se laisser aller c'était encore se mentir. Le souvenir d'Inès surmontait tous les obstacles, toutes les épreuves, et je cherchais à retrouver le sentiment de culpabilité déjà ancien que rappelait cet innocent contact. Il est revenu comme une bouffée de remords...

Dans les mois qui précédèrent le voyage en Italie, je suis beaucoup sorti avec Inès : nous allions dans les ciné-clubs, au théâtre, dans les musées. Je l'embrassais dans les taxis du retour. Un matin à l'atelier, je la décidai à venir chez moi le soir. Nous ferions un dîner aux chandelles. C'était dans une pensée précise. Elle le savait parfaitement et son acceptation ne venait qu'après de nombreux refus. Je l'aimais, je le lui disais. Elle baissait la tête à chacune de ces déclarations mais je n'en tenais pas moins à le répéter comme pour me lier plus étroitement à elle.

Vers une heure, je quittai l'atelier pour courir les commerçants du quartier et acheter grâce à un rappel de salaire, un peu de caviar, de la vodka, du champagne et de la glace. À deux heures, après avoir déposé le tout chez moi, je retournai au lycée. J'avais un seul cours dans l'après-midi. Je l'expédiai à toute allure avec une allégresse qui dut se lire sur mon visage, car les élèves y participèrent et j'eus quelque mal à maîtriser un début de chahut. Seul, au premier rang, Ballu, les bras croisés, me contemplait avec un air coupable. Le matin même, je l'avais surpris en train de copier sa composition de version latine sur son voisin. Il était menacé de renvoi. Menacé simplement. Ballu resterait ma mascotte : grâce à lui je connaissais Inès.

La classe terminée, les élèves envolés vers la cour intérieure comme une portée de moineaux, je vis Ballu s'avancer vers moi :

— Monsieur, ma maman va venir. Elle veut vous demander de ne pas me renvoyer. Je lui ai dit que vous n'aviez plus cours après trois heures. Elle doit être au parloir.

— Je vais la voir. Vous ne serez pas renvoyé, mais vous serez puni : quatre heures de consigne pour jeudi prochain.

— Merci m'sieur.

Il rejoignit, déjà hilare, ses camarades dans la cour où les marronniers émus par le printemps montraient leurs premières feuilles. Les mains en avant pour me protéger des enfants qui couraient en aveugles, je gagnai les galeries plus calmes qui longent le jardin de l'entrée où l'abbé Rollin trône devant un square piqué d'arbustes rouges et de massifs d'azalées, et passai par la salle des professeurs pour y prendre mon manteau. Girardet, les pieds sur une table, lisait *L'Officiel*.

— Alors, ces autos tamponneuses ?

— Tu es le seul, dit-il, qui pourrait m'accompagner, mais tu te dégonfles chaque fois. Je me demande si ces autos tamponneuses ne doivent pas rester un mythe entre nous.

— Encore un mythe ?

— Il en faut, nous vieillissons. Es-tu libre maintenant ?

— Non, une femme nue m'attend dans le parloir.

— Une femme nue ! Il n'y a qu'à toi que ces choses arrivent. Qui est-ce ?

— La mère d'un élève. Elle danse dans une boîte de Pigalle.

— Bonne chance.

— Merci.

Mon pardessus sur le bras, je gagnai le parloir. Odile Ballu, assise à l'extrême bord d'un banc, semblait fascinée par les portraits de Branly et de Mallarmé accrochés en face d'elle. Je la tirai manifestement d'une méditation profonde sur les mystères de la culture. Depuis notre sortie nocturne, et d'ailleurs innocente, avec mon cousin d'Orléans, j'aurais pu l'appeler par son prénom, mais la solennité de ce parloir l'interdisait.

— Madame, votre fils m'a dit que vous désiriez me voir. Je peux vous rassurer tout de suite. Je me suis contenté de le consigner pour jeudi prochain.

Elle s'était levée, mince et gentille dans son tailleur noir sous un imperméable transparent. Avec sa tête d'enfant bouclée, ses yeux brillants, sa bouche rouge ouverte sur des dents éclatantes, elle pouvait passer pour la sœur aînée de Ballu.

— Merci monsieur. Je le gronderai. Il faut lui pardonner. Je suis seule à l'élever. Je ne sais pas toujours ce que je dois faire, et je le vois à peine. Le matin, il faut bien que je dorme, et le soir à neuf heures, je disparais. C'est un bon garçon, vous savez. Je voudrais tant qu'il réussisse.

Soudain, je ne la vis plus comme elle était là devant

moi, mais comme je l'avais vue au cabaret naturiste : les seins en fleur, les hanches nues, les cuisses serrées au-dessous d'un minuscule cache-sexe en strass, perle d'un coquillage vivant. Nous l'avions beaucoup applaudie, et quand elle était venue s'asseoir à notre table, je n'avais pas pu m'empêcher d'un sentiment de fierté absurde parce que les touristes et les provinciaux environnants nous enviaient.

— Croyez-vous qu'il pourra être bachelier ?

Je la rassurai : n'importe qui peut être bachelier. Mais ne valait-il pas mieux lui apprendre un métier dès maintenant... Ce genre de conseils, voilà des années que je les prodiguais aux parents sans jamais en convertir un seul. Odile Ballu m'écoutait, tendue comme si je parlais d'or. Est-ce vraiment d'elle que j'eus envie ? Je ne le sais plus. La soirée prévue avec Inès me laissait dans un état de fièvre qu'inconsciemment j'étais prêt à reporter sur la première tentation. Quand j'y pense encore aujourd'hui, je ne sais pas ce qui m'a pris. Ce n'était plus moi qui agissais. Et cette envie se révélait si brutale que, les paumes moites, je perdis le fil de mes paroles. Je ne voyais plus devant moi qu'un visage rond, étonné, presque inquiet, empourpré par un même désir. Les oreilles nues rosirent aux lobes. Je me penchai et Odile ne se recula pas. Doucement je baisai le coin de ses lèvres.

— Vous êtes drôle, dit-elle. Et si on nous voyait ! Et puis ce n'est pas un endroit.

Non, ce n'était pas un endroit que ce parloir fraîchement repeint couleur marron d'Inde. Les portraits de Mallarmé, Branly, Bergson et Jacques Decour nous regardaient avec réprobation. Aux murs étaient fixés en guirlande les dessins primés des meilleurs élèves de sixième. La sonnerie de la récréation retentit et le vacarme des cours s'éteignit. Je perçus les battements de mon cœur.

— Sortons, dit-elle.

Ses talons minces frappèrent le sol de mosaïque et je la suivis. Nous passâmes devant la loge vide du concierge. Sur le boulevard, je pris le bras d'Odile qui marchait à petits pas. Elle me racontait qu'elle avait mis un imperméable à cause de la pluie et que, naturellement, il ne pleuvait pas. Nous ne pouvions pas aller chez elle, Jacques (? — ah oui, Ballu, se prénommait Jacques) allait rentrer à quatre heures. Nous arrivions rue Ariès et je m'aperçus que si je la tenais par le bras, c'était autant pour maîtriser ma hâte que pour la guider là où je n'avais plus que l'envie d'aller.

Dès l'entrée, ma trahison aurait dû me sauter aux yeux : la bouteille de champagne baignait dans un seau à glace sur la table qui me servait aussi de bureau. J'allais l'ouvrir quand Odile m'arrêta :

— Non, pas de champagne. Ce n'est pas la peine. Je ne veux rien.

Je lui ôtai son imperméable, puis la veste de son tailleur.

À six heures, je me réveillai. Odile était partie, me laissant avec le goût coupable de l'amour trop facilement assouvi. Je vis le lit en désordre sur lequel j'étais couché nu. Il me sembla que la chambre devait trahir ce que nous avions fait avec une sauvagerie que je ne me connaissais pas. Sur la table, je trouvai un billet : « Merci. Mais pourquoi ne pas me l'avoir dit plus tôt ? »

Le miroir me renvoya un visage creusé, aux yeux bistres. Je redevenais moi-même, et cette brève victoire tournait à la déroute. J'imaginais ce que d'autres hommes auraient retiré de ces minutes, et je me trouvais lamentable, blessé, ignoble. Comment supporterais-je le regard d'Inès ? Je m'habillai vite pour fuir cette chambre que soudain je haïssais. Nous avions rendez-vous dans un café de la place des Ternes d'où je devais la ramener chez moi. Elle apparut un peu en retard, serrée dans un manteau beige. De loin, elle m'adressa ce sourire blessé que j'aimais et qui me faisait toujours craindre de la perdre. Sa démarche sinueuse entre les tables me rappela les grâces et la pudeur de ses gestes. J'inventai un banal mensonge pour lui dire que nous ne pourrions pas dîner chez moi : un de mes cousins de province venait de débarquer. J'aurais voulu un mot de regret, une ombre sur son visage. Il n'y en eut pas. Avec un calme parfait, elle acceptait que fût remise à plus tard cette nuit qui aurait dû être le couronnement des mois passés à nous promener la main dans la main. Nous allâmes au cinéma, puis manger des huîtres. Devant la porte, square Francœur, je baisai longuement sa bouche. Du bout des doigts, elle me caressait la nuque.

Ce même sentiment de remords, je l'ai éprouvé cet après-midi avec Yolande. Pourtant je ne trahissais personne qu'une image lointaine, disparue, une image qui m'avait elle-même trahi. Ou bien était-ce Yolande que je trompais en ne retirant pas ma main, en ne disant pas qu'il m'était désormais impossible, humainement impossible d'aimer ?

— Allumez-moi une cigarette, je vous prie.

Elle a fait les gestes machinaux pendant que je démarrais. Le soir tombait. Les champs se chargeaient d'ombre. Nous roulions sur une route étroite tracée au cordeau. J'avais mal, mais tout de même un peu moins mal que d'habitude.

Communion fade, hier, dans la chapelle du collège. Je n'en ai tiré aucune émotion. Le seul résultat semble avoir été de dissiper une certaine méfiance à mon égard. Le Supérieur m'a parlé longuement à la sortie de la messe. Cet homme fin, mais intransigeant sur le chapitre des pratiques religieuses, n'avait qu'à demi approuvé le choix du Père Léger. Il aurait préféré un professeur plus âgé. En revanche, je sais qu'il a eu de bons échos sur la qualité de mes cours. Il m'a demandé de lui préparer un tableau récapitulatif de la littérature canadienne contemporaine. J'ai avancé des noms. Il s'est étonné que j'aie pris le soin de m'informer de ce qui avait paru ces dernières années. Je crois qu'il n'aimerait pas apprendre que j'emmène se promener en auto une de ses étudiantes. Yolande était d'ailleurs là, traînant manifestement en arrière dans l'espoir de me parler. J'ai été soulagé de voir ses camarades s'emparer d'elle pour ne plus la lâcher. Soulagé, et un peu déçu. Sa présence, sa dévotion contenue puis soudain dévoilée m'avaient rassuré avant-hier. Il doit y avoir des moments de l'existence où une présence humaine, même la plus insignifiante, est plus supportable que la solitude.

Après la messe, j'ai pensé prendre ma voiture et rouler en solitaire dans la campagne, mais finalement c'est à ces pages que je reviens. M'y replonger crée en moi un vertige que j'aime solliciter, car évoquer Inès, c'est encore l'avoir à soi comme je l'ai eue dans la semaine qui a suivi le crime. Qui comprendra cette situation incompréhensible ? Le jour, je souffrais la mort, la nuit je courais vers un plaisir dont j'espérais toujours qu'il ne se briserait pas à la dernière seconde. Et j'avais raison. L'image de Michel cadavérique finit un soir par s'effacer. Le visage enfoui parmi les cheveux épars d'Inès, je sombrais dans l'oubli. Nous ne parlions pas, tant nous avions peur que les mots rompent cet accord fou qui nous détachait enfin de nous-mêmes.

Le réveil nous rappelait dans un autre monde plein de pièges, d'hypocrisies. L'enquête de la police piétinait. Tous les après-midi, l'homme à la moustache se promenait sur la plage pour jouer les Maigret. Carlo l'évitait, mais nous ne pouvions en faire autant. Il fallait subir ses questions voilées, ses allusions sournoises. M. Barbe répondait avec une amabilité parfaite, Victor boudait. Quant à Jean, il ne desserrait les dents que pour dire « oui » ou « non ». Dans l'impossibilité de fuir Prieto, avant d'avoir tous bénéficié d'un quitus, nous menions une existence d'un ennui poisseux.

Deux fois, M. Barbe tenta de nous emmener dans un de ces petits coins dont il avait le secret, pour y peindre un peu. Dispersés dans la pinède, au-dessus du port, chacun s'essaya loyalement au travail. Seuls Betty et les Dudelé y parvinrent. Inès déchira son carnet de dessins ;

je ne fis qu'une honteuse aquarelle ; Victor et Jean restèrent à bavarder en fumant cigarette sur cigarette. Où était passé le feu sacré de l'arrivée quand notre bon maître, le panama jauni en bataille, nous gavait de théories sur la décomposition de la lumière ? Après l'époque « Ingres » nous vivions l'époque « Gauguin » d'un grand lyrisme verbal. Victor avait un stock de nouvelles citations qui faisaient notre joie, principalement celle-là qui répondait assez bien aux critiques de M. Barbe : « En voyant le public regarder, tourner, retourner une de mes rares œuvres, j'ai toujours peur qu'ils la tripotent comme ils tâtonneraient un corps de fille, et que l'œuvre ainsi déflorée n'en porte toujours l'ignoble trace. » Des éclats de rire général saluaient ces vérités fulgurantes. Les gens du pays, vite habitués à nous rencontrer assis en groupe sur les marches de l'église, alignés le long de la jetée, perchés sur des murs, nous avaient baptisés : « La petite classe ». Néanmoins, personne ne se moquait de ces élèves zélés, consciencieux et un peu attardés.

Après la mort de Michel, notre enthousiasme passé nous sembla ridicule. Une lourde semaine s'écoula. Dans la journée, j'évitais Inès et partais me baigner, avec Victor et Jean, dans les criques du cap de la Vecchia. Nous prenions des bains très courts suivis de longues somnolences au soleil, étalés sur les roches plates. Ou bien, dans l'eau jusqu'à mi-corps, armés d'un couteau, nous décollions du rocher des bernicles dont la chair salée craque sous la dent. C'est là qu'un matin, Inès nous rejoignit à la nage et s'étendit à mon côté. Le soleil nous avait dorés et nous étions peut-être beaux, mais nos corps, épuisés par ces nuits où chacun luttait pour soi, nous pesaient comme des fardeaux. Quand il la vit, Jean se leva et plongea, bientôt suivi par Victor et je m'aperçus alors que depuis plusieurs jours les deux garçons ne lui parlaient pas. J'étais couché sur le dos, les yeux fermés, mais je ne bougeai pas quand Inès murmura :

— Olivier, je n'en peux plus !

— Et moi donc !

— Pourquoi me fuis-tu dans la journée ?

— Tu le sais.

— Jamais je n'aurai le courage de t'expliquer. Aide-moi !

— Non.

Je me retournai sur le ventre et me cachai le visage dans mes bras croisés.

— Olivier !

Elle pleurait. Je la regardai un instant. Ses longs cheveux humides luisaient sur ses épaules. J'aimais son dos qui inspirait du bonheur.

— C'était *lui ?* demandai-je.

— Oui.

— Depuis quand ?

— Depuis longtemps.

— Avant que je te connaisse ?

— Oui, quand nous étions à Londres. Michel avait dix-neuf ans, moi seize. Il habitait chez mes parents.

— Mes compliments. Tu l'aimais ?

— Non.

— Alors ?

— Il me faisait peur.

Je me relevai pour m'asseoir face à la mer éblouissante. La beauté de cette côte, le ciel pâle, n'inclinaient pas à la sérénité. J'y voyais le mensonge permanent qui insulte à notre innocence.

— Olivier, je t'aime !

Je haussai les épaules. L'amour physique et l'autre amour m'avaient toujours paru inséparables. Je n'entrevoyais pas dans l'univers étroit où je me débattais, qu'une femme pût les distinguer, faire à deux hommes chacun sa part.

— Oui Inès, nous pourrions nous aimer maintenant. Mais c'est trop tard. Dans la journée je te hais, la nuit je t'adore. Contrairement à ce que l'on pourrait croire, ça ne fait pas une bonne moyenne. Pourquoi m'as-tu tout dissimulé ?

— Je ne sais pas... J'espérais toujours que c'était fini, que Michel ne me reprendrait pas, que nous pourrions être heureux.

— Tu pensais vraiment cela ?

— Oui.

— Tu as eu d'autres amants ?

— Oh, je t'en prie, ne me torture pas. Pas toi !

— Il te torturait donc !

Elle se tut. La tête de Victor réapparut derrière un rocher. Jean suivit et ils grimpèrent tous les deux à côté de nous, ruisselants. Ils rapportaient des poignées de bernicles et de bigorneaux qu'ils commencèrent à décortiquer sans parler. Pour la première fois, je n'aimais pas leur attitude. Le visage écrasé de Jean me parut étrangement sournois. Et l'attitude de Victor, d'ordinaire si spontané, avait également changé. S'il existait une vérité, ces deux-là devaient sinon la connaître, du moins la deviner. Ils étaient les amis inséparables de Michel qui exerçait sur eux une véritable fascination. Je me rappelai qu'à Paris, ils ne se quittaient guère, qu'à Prieto ils partaient presque chaque soir pêcher ensemble. Si Michel affectait de ne pouvoir assister aux matchs de Jean, il n'en allait pas moins le suivre à l'entraînement, et le dimanche ils passaient leur journée à jouer frénétiquement aux cartes chez l'un ou chez l'autre. Je revoyais tout d'un coup le visage triangulaire, pâle et nerveux de Michel, ses yeux sombres, son front barré par un tic qui lui avait dessiné deux rides sinueuses. J'entendais son débit précipité. À dix-neuf ans, ce demi-Espagnol, demi-Français s'était engagé dans la Légion. Blessé en Indochine d'un éclat d'obus en pleine poitrine, il s'essoufflait vite et s'il grimpait trop rapidement un escalier, il devait s'arrêter, les dents serrées, la main crispée sur la rampe. Il ne manquait pas de talent, mais comme Inès il se contentait de dessiner. Que faisait-il au juste ? Je n'en ai jamais rien su. En tout cas il entretenait l'atelier du livre qu'il était, soi-disant, en train d'écrire et qui s'appellerait *Vive la mort!* Au début j'y avais cru, jusqu'à ce que ses vantardises successives finissent par lever un doute. À l'entendre, plusieurs éditeurs se disputaient déjà le manuscrit inachevé. Malgré mon aversion pour lui, je ne pouvais m'empêcher par moments de trouver de la grandeur à la fièvre qui l'habitait. Ce garçon avait vécu : Madrid, Londres, l'Extrême-Orient. Il avait souffert, risqué sa vie alors que je n'étais qu'un petit professeur qui, le soir, lisait Dante avant de s'endormir, et ne connaissait du monde que l'Italie. Je l'enviais comme les forts en thème envient les premiers en gymnastique. Son regard se fixait rarement sur moi. Il n'aimait visiblement pas que je fusse aussi assidu près d'Inès à laquelle, devant moi, il parlait sèchement sans qu'elle répliquât. Il habitait dans le haut Montmartre, une chambre de bonne que Jean m'avait décrite : bourrée de livres, de photos et de souvenirs d'Indochine. Je crois que son père et sa mère, qui refusaient de le voir parce qu'il s'était engagé, lui envoyaient tout de même un peu d'argent chaque mois. Quand il n'en avait plus, il allait à pied jusqu'à Auteuil prendre ses repas chez sa tante, la mère d'Inès. J'étais encore trop naïf pour bien déceler dans ses récits la part du mythomane. Deux ou trois fois, cependant, nous avions parlé à la sortie de l'atelier. Il voulait me faire lire le début de son manuscrit pour lui signaler d'éventuelles fautes de syntaxe ou des répétitions dont il n'avait pas le temps de s'occuper. Un vrai écrivain ne se noie pas dans des détails aussi mesquins. Lâchement, j'avais promis la première fois, puis le manuscrit n'existant qu'à l'état de fantôme, je m'étais offert le luxe de dire que ce genre de travail m'assommerait et que j'avais déjà bien assez de devoirs à corriger avec mes classes de troisième et de seconde. L'incompréhensible est que cet exalté qui, à l'entendre, avait traversé des déluges de feu, ne pût supporter les matchs de Jean. Il craignait que son impulsivité le poussât à sauter sur le ring pour secourir notre ami, si jamais celui-ci se trouvait en difficulté. D'ailleurs, Michel prétendait détester la boxe parce que c'est un sport loyal et que, quand on se bat pour la vie, il n'y a pas de loyauté qui compte. Au début, Inès lui cachait certainement nos sorties. J'en eus la preuve lorsqu'un samedi après-midi nous le rencontrâmes par hasard à la porte d'un cinéma des Champs-Élysées. Elle me tenait le bras. Nos regards se croisèrent et je découvris d'un coup sa fulgurante haine. Elle me glaça pendant quelques secondes, mais déjà il avançait vers nous avec ce faux sourire enjôleur qu'il prenait pour écouter les critiques de M. Barbe.

— Comment est ce film ?

— Mortel ! dis-je.

— Je ne serai peut-être pas du même avis. J'y vais. Bonsoir.

Inès, livide, n'avait pas retiré sa main de mon bras. Nous allâmes dîner dans une brasserie alsacienne, mais elle ne put rien avaler. Je me souviens à peine de notre conversation. Sans doute, si j'avais insisté ce soir-là, m'aurait-elle tout dit. Une pudeur, une réserve que je peux maudire aujourd'hui m'empêchèrent d'aborder une discussion sur l'attitude de son cousin. Elle ne voulut pas se laisser raccompagner, et je rentrai à pied vers Montmartre, la tête agitée de pensées angoissantes.

Le lendemain, sa gaieté, sa gentillesse les effacèrent, mais, pendant toute une semaine, elle refusa de se laisser embrasser sans m'expliquer pourquoi. Quant à nos sorties, elles se situèrent désormais dans des arrondissements excentriques. Nous explorions des quartiers ouverts et dépaysants, aux avenues grises pigmentées de grandes affiches de cinéma. Je lui fis découvrir Alésia et la porte d'Orléans, le parc Montsouris où, étudiant, j'avais été heureux. Les Buttes-Chaumont furent une révélation : de là on découvrait un Paris lumineux si profond que nous reprenions confiance puisque les amants pourraient toujours s'y cacher. Elle aimait aussi les foires et nous nous perdions à Vincennes ou à Neuilly parmi les boutiques volantes, les tirs forains, les marchands de nougats, sans nous avouer que c'était pour éviter de rencontrer Michel. Dès le printemps, nous prîmes l'habitude de nous retrouver le dimanche matin au Bois pour faire le tour des lacs et nous arrêter à la laiterie d'Auteuil où nous buvions un verre de lait frais. Plus d'une fois, elle me demanda de rester avec elle l'après-midi, mais je ne pouvais pas. Ces heures étaient réservées à Georgette que j'allais chercher à Bourg-la-Reine. Inès sut ne jamais exiger, mais je brûlais néanmoins de lui confier ce lourd et honteux secret, qui embarrassait et attristait ma vie, et devait, une fois surtout, briser une de nos tentatives d'évasion.

Jean avait fini de décortiquer ses coquillages. Il se redressa et j'admirai les muscles qui bosselaient ses omoplates, ses épaules rondes, sa taille étroite. Force de la nature... Il tenait dans ses mains la vie d'un homme comme moi. Qu'une mauvaise pensée ou une impulsion le traversât et je ne pourrais que lutter désespérément. Vingt fois, je l'avais admiré sur le ring, puissant, net, chevaleresque face à des adversaires aux mufles de bête. Ses derniers succès lui avaient valu des cachets importants qui lui permettaient de ne plus travailler la nuit aux Halles. Tout son temps libre, il l'occupait à peindre avec cette minutie désarmante qui faisait de chacun de ses tableaux une véritable photographie en couleurs.

— Tu viens ! dit-il à Victor qui se leva, trop maigre et boutonneux dans le dos.

Ils plongèrent et nagèrent côte à côte en direction de la plage.

— Nous parlions, dis-je à Inès qui était restée allongée sur le ventre, la tête cachée dans ses bras.

Mais elle ne répondit pas. Une légère houle battait les rochers au-dessous de nous. Un hors-bord arrivant de Prieto décrivit un large cercle devant la plage et disparut.

— Nous parlions, répétai-je. Tu m'as dit que Michel te torturait.

— Non.

— Je ne comprends plus. Un seul regard de Jean suffit-il à te faire taire ? Ça ne te ressemble pas.

— Oui, de lui aussi j'ai peur.

— Je le prenais pour un bon garçon.

— C'est vrai qu'il n'est peut-être pas mauvais. Mais Michel...

— Allons, dis...

— Non, Olivier, je ne peux pas. Pas aujourd'hui.

— Nous n'avons plus beaucoup de temps.

— Pourquoi ? Tu ne me reverras plus à Paris ?

— Je ne crois pas. Il y a eu trop de mensonges entre nous, dont ce mensonge à la police sur une nuit que tu m'as volée. Inès, je t'en veux du bonheur que tu ne m'as pas donné, que tu as donné à un autre, peut-être à d'autres. Oui, je t'en veux.

— Alors, pourquoi fais-tu l'amour avec moi la nuit ?

— Pour les mêmes raisons que toi.

— Si je n'avais pas menti à la police, c'est toi que l'on aurait soupçonné parce que tu t'es battu avec Michel quelques jours avant sa mort.

— Inès, tu parles trop. Qu'est-ce qui te permet d'ailleurs d'affirmer que ce n'est pas moi ?

— Parce que je sais qui c'est.

D'un bond elle se redressa et je crus voir dans l'éclat de ses yeux la lueur cruelle qui effrayait quand, à la boxe, elle encourageait Jean ou n'importe quel combattant qui lui plaisait. Combien d'êtres vivaient en elle ? Je ne sais. La force de beaucoup de femmes tient non pas à leur duplicité, mais à leur multiplicité, à ce don spécial qu'elles ont de se réincarner dans un autre personnage sans nous prévenir. Je rêvais à Inès comme à une créature blessée, pathétique, et soudain l'autre Inès surgissait, les lèvres pâlies par la colère et la haine. Je me perdais dans ces métamorphoses. Celle que j'avais aimée, que j'aimerais peut-être toujours resterait la jeune fille tendre et poétique avec laquelle je marchais enlacé dans les allées du Bois de Boulogne, celle qui, devant sa porte, les soirs où je la raccompagnais, jetait ses bras autour de mon cou, la petite fée aux doigts courts et aux ongles ras, qui dessinait à toute allure sur son carnet de croquis d'ironiques silhouettes. Ce n'était encore ni l'une ni l'autre qui faisait l'amour avec moi depuis quelques nuits. Je caressais un être passionné, brûlant d'ardeur, plongé par le plaisir dans une sorte d'évanouissement dont la tirait seulement une infinie douceur. L'intuition me disait aussi que cet accord fébrile risquait à chaque instant de se rompre, que je ne serais peut-être pas de taille à supporter pareille déchirure.

Ainsi donc elle connaissait l'assassin de Michel. Nous n'avions plus grand-chose à nous dire.

— Rentrons, veux-tu ?

Je plongeai le premier. Elle suivit et nous nageâmes vers la plage. Nous y arrivions quand nous entendîmes des cris, une volée de jurons italiens. Devant la cabane où Carlo rangeait d'ordinaire les parasols et les fauteuils de la plage, un groupe de baigneurs faisait demi-cercle. Inès courut la première, au risque de se tordre les chevilles sur les galets. J'arrivai peu après elle pour voir notre maître baigneur, écumant de rage entre deux carabiniers qui venaient de lui passer les menottes. La veste négligemment jetée sur les épaules, l'inspecteur parlait à M. Barbe qui tenait son panama sous le bras et s'épongeait le front avec un mouchoir violet. Dans la main de l'Italien sautait une gourmette en or. Dès qu'il aperçut Inès, M. Barbe l'appela :

— Venez voir, ma petite. Est-ce bien la gourmette de Michel ?

— Oui.

— Ah, vous voyez, dit-il au policier, j'ai raison !

La gourmette disparut dans la poche de la veste. M. Barbe rayonnait, tandis que Carlo continuait d'injurier tout le monde en napolitain. À un signe de leur chef, les carabiniers poussèrent en avant, sans douceur, leur prisonnier qui fendit le demi-cercle des baigneurs. Je regardai Inès, puis Victor et Jean. Leurs visages s'étaient soudain fermés.

— Que s'est-il passé ? demandai-je à M. Barbe.

— Ils ont trouvé la gourmette en or de Michel dans la poche du pantalon de Carlo. Nous aurions dû nous méfier de ce garçon. Dire qu'il a tué pour une gourmette ! Quel monstre !

Longtemps encore, nous entendîmes les vociférations de Carlo qui montait le chemin de la pinède escorté par les deux carabiniers.

Dans l'après-midi, l'officier de police vint nous avertir que nous pourrions regagner la France si le cœur nous en disait.

— A-t-il avoué ? questionnai-je.

— Non. Pas encore. Mais faites-nous confiance.

Notre départ fut épique. Aucun de nous, sauf peut-être Inès, ne savait réellement voyager, ni boucler une valise. Les Barbe se promenaient avec une malle d'osier, et un de ces sacs en cuir marron que Sherlock Holmes affectionnait. Jean et Victor, dans leur ascension sociale, en étaient encore aux bagages de fibrane. Betty Aston avait perdu les clefs de sa valise que l'on défonça en la forçant. Il fallut la fermer avec des cordelettes. Ce joli monde bousculé, suant, oscillant entre la joie de partir (que l'on n'osait pas trop montrer à cause du souvenir de Michel) et la terreur de manquer l'autocar, puis le train, s'embarqua dans deux canots. M. Barbe embrassa une Assunta en larmes qui lui fit jurer de revenir encore l'an prochain louer la maison jaune, malgré les tristes aventures de cet été. Nineta et Caterina nous accompagnèrent jusqu'au bord de la passerelle, agitant la main.

La plage s'éloigna, ne fut bientôt plus qu'une anse piquée des taches rouges des parasols, du vert des guirlandes de vigne qui protégeaient la terrasse. Il était midi. Nous manquions le bain du matin et déjà nos vêtements de voyage nous donnaient l'air endimanché de touristes. Prieto nous rejetait. Les barques accostèrent la jetée du port. Deux pêcheurs à la poigne solide élevèrent, d'un coup de rein, Mme Barbe à hauteur du quai. Le reste suivit avec plus ou moins de grâce. Déjà l'autocar actionnait sa trompe pour presser les retardataires. Nous n'eûmes que le temps de nous y empiler, et je m'aperçus que je n'avais pas su dire adieu à Prieto. Adieu, parce qu'un pressentiment m'avertissait que je n'y reviendrais jamais, que ce serait au-dessus de mes forces. Inès s'étant assise à l'avant avec Betty Aston, j'héritai pour compagne une grosse femme du pays qui se signa au départ, puis s'épongea le front pendant le parcours. Deux heures après, nous étions à Naples où ce fut de nouveau la course pour attraper le train, reconnaître nos bagages. Je n'avais qu'aperçu la baie, visité en hâte Pompéi avec toute la bande. L'Italie que j'avais retrouvée ne ressemblait pas à celle, fervente, entrevue dix ans plus tôt. Je ne m'étais, cette fois, intéressé à rien d'autre qu'à Inès. Toute heure passée loin d'elle me rongeait d'impatience. Je découvrais seulement à la minute du départ la terrible emprise de cet être sur moi. Depuis notre rencontre, je ne lisais pratiquement plus : les livres me tombaient des mains, le théâtre m'ennuyait, je remettais à plus tard les travaux qui auraient dû secouer ma vie de professeur. Inès accaparait mes pensées. Les conversations de mes amis m'insupportaient parce qu'elles me distrayaient de ce qu'à loisir dans la solitude, j'imaginais et rêvais d'elle. Son absence me tenait aussi chaud que sa présence. Mais tout de même, à l'heure où le train s'ébranlait en direction de Rome, je lui en voulus de m'avoir masqué l'Italie. Le lendemain nous serions à Paris, perdus, dépaysés, encore hagards et bouleversés de ce que nous venions de vivre, et nous aurions passé à côté d'une sorte de bonheur qui s'adresse à l'âme. Allais-je découvrir soudain à quoi, sans qu'elle l'eût voulu expressément, Inès me réduisait, me réduirait si je continuais de l'aimer et de la haïr avec cette force ? Il aurait fallu une lucidité qui me manquait encore.

À Rome, nous changeâmes de train. Inès s'assit à côté de moi. Quand la nuit vint dans ce compartiment étouffant qui sentait l'orange et la fumée, la poussière et les bagages, je sus qu'il faudrait encore fermer les yeux sur les angoisses que m'apportait l'ombre. Inès dormait contre mon épaule et jusqu'au petit matin, jusqu'à l'arrivée au lac Majeur d'un bleu de sarcelle, j'écoutai respirer ce mensonge vivant. Où trouvait-elle le sommeil ? Je la secouais pour lui montrer les îles Borromées que l'aube teignait de rose. Nous nous tenions par la main. Les douaniers envahirent le train à Domodossola, puis ce fut la nuit du Simplon et une Suisse encastrée dans ses montagnes, gutturale et trop propre pour nous voyageurs chiffonnés que la nuit teintait de gris. En fin d'après-midi, nous arrivâmes à Paris. Les parents de Betty attendaient leur fille. Ils emmenèrent les Barbe. M. et Mme Dudelé prirent le métro qui convenait à leurs modestes moyens. Avec Victor, Jean et Inès, j'attendis un taxi. Il en arriva deux. J'allais demander à Inès de monter avec moi, quand Jean la décida brusquement à le suivre.

— À bientôt ! me cria Victor.

Dans la cohue qui se pressait à la sortie de la gare, nous nous étions tous dit au revoir en quelques secondes. Sur le « à bientôt » de Victor, je n'avais pas d'illusion. Quelque chose s'achevait, qui ne recommencerait plus jamais. Trop de silences, de trahisons nous séparaient les uns des autres. Huit jours de plus sur cette plage, et nous en serions venus au pire. Peut-être l'eût-il mieux valu ? Car je ne devais pas être le seul à douter de la culpabilité de Carlo.

Après le cours, ce matin, Yolande est restée dans la salle pendant que je rassemblais les papiers épars sur mon bureau. Je ne savais comment lui dire que j'étais précisément heureux de la voir rester. Yolande me ramène dans le présent, alors que ce que j'écris me fait revivre le désespoir de l'an dernier. Ai-je tort ou raison de vouloir extraire de moi cette histoire, d'en fouiller les détails ? Toujours est-il qu'en m'efforçant à la lucidité je comprends mieux mes erreurs. Ces erreurs remontent presque toutes à deux points précis, l'un dont je suis coupable : ma coucherie stupide avec Odile Ballu, l'autre dont je suis innocent : le week-end raté. Il est impardonnable, en amour, de se manquer. Je croirais volontiers à une intervention du Destin quand deux êtres qui se sont choisis passent maladroitement à côté de leur rêve. Ce week-end, nous le préparions depuis un mois. Sa mère partant huit jours pour les Landes, Inès serait en mesure de découcher du samedi au lundi. Elle viendrait chez moi, car je n'avais pas assez d'argent pour l'emmener dans un hôtel des environs de Paris. J'avais acheté des draps et des taies d'oreiller bleu pastel dont l'extravagance me ravissait. Ne possédant qu'une pièce, une salle de bains et une cuisine, j'avais pu écrémer le mobilier maternel et ne garder que les quelques jolis meubles que nous possédions : une crédence italienne, une table-bureau anglaise, deux fauteuils Louis XV, un assez beau lit. Mes efforts de décoration n'en étaient pas moins restés limités. Je n'avais pas eu l'idée d'acheter des vases, des fleurs, de ces petits bibelots que l'on laisse traîner et qui donnent une note personnelle à un appartement triste. Je dis triste, car, au premier de la rue Ariès, on est condamné à l'électricité presque toute la journée. Pour la venue d'Inès, je me mis donc en chasse sur la rive gauche, au marché aux puces, sans d'ailleurs jamais vraiment trouver ce que je désirais. La veille du week-end je pus cependant me montrer satisfait : Inès ne viendrait pas dormir dans l'antre d'un ours. Certes j'avais dû emprunter de l'argent, ce qui m'était désagréable, mais rien ne serait trop beau pour ces deux jours.

Nous avions décidé de ne pas sortir, de nous enfermer dans un univers clos, sans bruits, sans visages étrangers. Le souvenir de la jolie Odile s'effaçait; ma faiblesse d'un instant ne comptait plus. À la vérité, je n'avais dû céder à cette brusque envie qu'à force de désir pour Inès. Maintenant, je l'aurais à moi, rien qu'à moi. Deux nuits pour nous mesurer, deux jours pour nous regarder vivre. Je découvrirais ses gestes du matin, je ne dormirais pas pour épier sur son visage le rêve ou la paix qui l'habitait pendant son sommeil. Je verrais son corps nu dont je ne connaissais rien. Il y aurait contre mon épaule son souffle lent et paisible. Oui, nous allions nous connaître, et après nous pourrions nous aimer à la vie à la mort, en pleine lumière. C'est fou ce que j'ai pu imaginer autour de cette escapade sur place, non seulement dans le domaine de l'érotisme où je pensais que nous serions comblés, mais aussi dans celui où deux êtres trouvent, tout de suite, les attitudes et les pensées qui les lient à jamais. Aujourd'hui, ce n'est pas sans sourire que je pense à certains détails ridicules de cette folle expérience : moi qui ne prenais que des soins assez rudes de mon corps, j'achetai une bouteille d'une eau de Cologne très rare pour m'en frictionner le matin. À Inès, je trouvai des pastilles parfumées pour qu'elle prît au réveil un de ces bains de mousse dont on voit émerger les vedettes de cinéma dans les magazines américains. Dans un livre, j'avais lu qu'après l'amour les femmes ont toujours faim. Elle mangerait des fruits rares que j'achetai dans une boutique de la Madeleine : des mangues, des sanguines espagnoles, des letchis.

Le samedi après-midi, j'avais un cours de deux heures à trois heures après lequel je devais aller la chercher à l'atelier où elle m'attendrait. Mais en sortant du lycée, je passai une dernière fois chez moi pour m'assurer que tout était en ordre, que le ménage avait été soigneusement fait par la concierge. J'allais grimper mon escalier quatre à quatre lorsque celle-ci m'arrêta :

— Monsieur Garancière, il y a un pneumatique pour vous.

Elle me tendit l'enveloppe et une brève intuition me traversa. Avant même de décacheter, je sus que cette lettre était un nouvel empêchement. Ma main tremblait. La Supérieure des Sœurs de Sainte-Philomène m'annonçait qu'une forte épidémie de varicelle sévissant à l'Institution, le médecin de service avait décidé de renvoyer pour quelques jours dans leurs familles les pensionnaires qui savaient le mieux se débrouiller. Georgette était dans une très bonne période, gaie, presque détendue, capable, m'assurait-on, de faire un peu la cuisine. Ce serait un grand réconfort de l'avoir quelques jours avec moi, une semaine au plus. Il fallait venir la chercher avant cinq heures, sinon les Sœurs la confiaient à l'hôpital.

J'eus le temps de passer à l'atelier pour prévenir Inès que je ne pouvais la voir qu'en fin d'après-midi. Ce mensonge qui retardait simplement une explication définitive me laissa un goût honteux durant le trajet de Paris à Bourg-la-Reine. Georgette attendait dans le parloir avec quelques autres filles de l'Institution. La présence des malades m'ôta mon seul regret. Quand je la voyais seule, je pouvais encore douter de ses anomalies, mais en compagnie de quelques idiotes, elle m'inspirait une pitié particulière. Il était inhumain de l'abandonner. Nous rentrâmes par le train, moi portant la petite valise de fibre où l'on avait entassé des affaires de jour et de nuit. Je la laissai chez moi et courus à l'atelier. Inès m'attendait en jouant aux cartes avec Jean, Victor et Michel dans la grande pièce déserte. Son regard se posa sur moi et elle dut comprendre, car elle se leva et me rejoignit près de la baie vitrée. La facilité avec laquelle elle crut à mon second mensonge me peina. N'était-ce pas, une fois de plus, de l'indifférence ?

Je rentrai en hâte pour trouver Georgette assise au bord du lit. Son visage s'éclaira d'un pauvre sourire. Elle avait gardé son chapeau à brides, son manteau de laine noire sur sa robe bleu roi au col de dentelle amidonné. Tout de suite, je vis qu'elle avait mordu dans chacun des fruits de la corbeille laissée en évidence sur la table. Je me précipitai dans la salle de bains où elle avait ouvert l'eau : la baignoire débordait. Dans la cuisine, elle avait lapé d'un coup une petite boîte de caviar.

La colère, les larmes m'étouffaient. Mais je n'avais pas le droit.

— Georgette, tu vas rester sage, sans toucher à rien pendant que je travaillerai.

Elle tendit en avant ses bras maigres. Oui, j'avais oublié de l'embrasser.

Quand j'y pense, la rencontre d'Odile Ballu, l'arrivée inopinée de Georgette, la grosse Betty forniquant dans la pinède avec Doudi, ce sont là des empêchements de vaudeville. N'empêche qu'ils ont saccagé notre passion. Si j'avais possédé Inès à Paris, toute notre vie en eût été changée. Peu à peu, elle se serait inclinée vers moi et, au lieu de cette rage, de cette folie qui nous envahissait à Prieto, nous eussions aimé notre amour.

Je devrais chasser ces souvenirs de ma tête, chercher le repos. Par moments, je me répète tout seul : « Je veux vivre, je veux vivre ! » Il est possible qu'une fille comme Yolande puisse m'y aider.

Nous sommes sortis ensemble de la salle de cours. Yolande était habillée à l'américaine : sweater rouge, jupe grise, chaussures de sport. Je lui ai proposé de déjeuner sur le lac Beauport. L'amour la rendrait-il heureuse ? L'autre jour, son propre aveu l'accablait. Ce matin, il n'y paraissait plus. Elle me montrait les collines et les bois où elle skiait l'hiver, les chalets où de joyeuses bandes se réunissaient. Il faudrait, l'année prochaine, accepter de me mêler à eux.

— Qu'avez-vous donc fait de novembre à février ? Personne ne vous voyait ?

— Et je ne voulais voir personne ! Je crois que je travaillais, que je m'abrutissais. Il me semble aussi que j'ai beaucoup bu !

— Tout seul ?

— Tout seul.

— Eh bien, il ne faudra plus boire tout seul maintenant. D'abord, vous ferez du sport. Vous êtes arrivé maigre comme un Italien, et six mois après vous avez déjà l'air repu.

Il est vrai que je ne me regarde jamais dans un miroir. Il serait préférable de faire attention. Mes vêtements d'Europe me gênent aux entournures, mes pantalons me serrent la taille. C'est idiot de se laisser aller. En arrivant au chalet, j'ai jeté un coup d'œil dans un miroir qui m'a renvoyé une silhouette qu'en effet je ne reconnais pas comme la mienne. Ce coup d'œil, Yolande l'a intercepté. Son sourire complice m'a plu. Nous avons déjeuné de maïs grillé, de poulet froid et de vin de France, sur la terrasse. Des monotypes couraient sur le lac, Yolande a voulu en essayer un. Je n'avais pas la moindre idée du maniement d'une voile, mais elle a tout pris en main et son adresse à la barre m'a surpris. Elle a des muscles durs et une vivacité inattendue. Le vent soufflait par rafales, couchant le voilier sur le côté. Mes gaucheries ont fait rire Yolande qui ne s'émouvait pas. À la fin de l'après-midi, je savais à peu près éviter la bôme et changer les écoutes. Vers cinq heures, le visage embrasé par l'air frais, nous avons regagné Québec, la radio serinant à tue-tête des rengaines américaines pendant que nous traversions un long plateau de pâturages. J'ai déposé Yolande devant sa porte :

— Merci ! À demain ! a-t-elle lancé en claquant la porte.

J'ai attendu qu'elle ait poussé la barrière, traversé son jardin et, sur le pas de la porte, agité le bras une dernière fois pour partir. La fin de la journée m'a paru creuse, inutile, mais délivrée. C'est en revenant à ces pages que le mal m'a repris, le mal d'Inès. M'en débarrasserai-je jamais ? Ce qu'une confession ne peut pas, des pages aussi maladroites que celles-ci le pourront-elles ? J'en suis à me demander si, après notre retour de Prieto, tout pouvait encore être sauvé. Il aurait au moins fallu qu'elle ne disparût pas pendant une semaine. Ce n'était pas à moi de faire un geste après sa façon abrupte de me quitter. Mais, naturellement, je ne vivais pas une minute sans penser à elle. L'atelier étant fermé jusqu'au 1er octobre, je n'avais aucune chance de la retrouver là. Je rencontrai, par hasard, les Barbe, place Clichy. La veille, ils avaient dîné avec elle. Inès existait donc pour les autres, pas pour moi. La nuit, j'allais rôder square Francœur. Trois soirs de suite, je vis ses fenêtres éclairées. D'un café voisin, je téléphonai. Un lointain « allô » répondit la première fois. Je n'appuyai pas sur le bouton qui aurait libéré ma voix. Inès raccrocha. La seconde fois, je crus percevoir une certaine angoisse dans les appels qu'elle lança, et à la troisième, je l'entendis nettement crier : « Allô, Jean, cesse, réponds-moi, je t'en supplie. Tu vois bien que je ne bouge pas de chez moi ! »

Dans la vie pratique, je ferais un mauvais détective, mais aimer un être donne des ailes à l'intuition. Avait-elle menti ou simplement péché par omission ? Je ressassai cette petite phrase abandonnée comme un aveu : « Michel me faisait peur ! » Et maintenant qu'il était mort, elle avait peur de Jean. J'imaginai facilement ce qu'avaient dû être les rapports d'Inès et de son cousin à Londres dans les derniers jours de la guerre, et combien cette époque hagarde sans cesse traversée par la mort, était responsable de leur chute. J'en savais aussi assez sur elle pour comprendre que ce garçon avait éveillé dans son corps, sinon dans son cœur, une rage de vivre qu'elle ne soupçonnait pas. La rage de vivre ? Il faut croire que je ne l'ai jamais ressentie. Enfermé dans mes études, bouclé par l'existence, j'ai découvert une certaine frénésie avec Inès, et encore n'était-ce sans doute qu'un des visages de la passion. Ces frémissements mal contenus, et qui révélaient la violence cachée de sa nature, Michel avait pu les susciter parce que coulait dans ses veines un sang ardent, tandis qu'auprès de moi, Inès s'abandonnait à la tendresse. Il fallait se rendre aux matchs de boxe pour que sa voix se fît rauque. À distance maintenant, avec du recul et beaucoup de désespoir, je discerne tout ce qu'un amour à œillères m'a caché. Mais à quoi bon le taire ? Je l'aimais, d'un cœur si entier que rien ne me paraissait insurmontable. Je la croyais enfermée dans une forteresse, gardée par des dragons furieux. Il importait avant tout de la délivrer, après quoi nous réglerions nos comptes. Je lui écrivis.

Inès arriva vers minuit comme je lisais les lettres de Marianna Alcoforado à M. de Chamilly : « Il faut avouer que je suis obligée à vous haïr mortellement ; ah ! je me suis attiré tous mes malheurs : je vous ay accoutumé à une grande passion, avec trop de bonne foy ; et il faut de l'artifice pour se faire aimer ; il faut chercher avec quelque adresse les moyens d'enflammer, et l'amour tout seul ne donne point de l'amour... »

Elle avait dû marcher longtemps sous la pluie avant de se décider à monter : son visage ruisselait. Je l'aidai à ôter son imperméable. Elle portait en dessous la jupe de flanelle grise et le blouson de daim de notre première rencontre.

— Voilà, dit-elle. Je suis venue. C'est ce que tu voulais. Je rentrerai chez moi avant le jour.

Je n'étais pas certain de la reconnaître. Il y avait dans sa voix une résignation qui ne lui appartenait pas. Elle s'assit sur le lit et j'allai dans la cuisine chercher le restant d'une bouteille de cognac. À genoux, je lui servis un verre qu'elle vida d'un trait. En caressant ses chevilles, je sentis qu'elle avait les pieds et les jambes trempés. Je la forçai à se coucher pour lui retirer ses chaussures et ses bas.

— Frictionne-moi, me dit-elle, je suis morte.

Je déshabillai de mon mieux le beau corps à la peau toujours mate de nos vacances de soleil. À Prieto, quand nous nous aimions, nos vêtements n'étaient qu'un obstacle dérisoire, vite franchi. Mais là, je découvrais une autre Inès au linge blanc de pensionnaire, à la petite culotte serrée autour de ses cuisses rondes, de son ventre plat et pur de jeune fille, au soutien-gorge timide. Je frictionnai avec ce qui restait de la fameuse bouteille d'eau de Cologne achetée pour notre week-end. Dans mes mains glissait une peau unie et fraîche que la chaleur ranimait. Quand je l'eus abandonnée, Inès se coucha entre les draps, le visage caché dans l'oreiller.

— Viens, dit-elle, je ne pourrai jamais te parler autrement.

Je me glissai auprès d'elle qui tremblait. L'heure était venue de nous faire encore mal. Nous la retardâmes un instant et de nouveau je connus le bonheur. N'existe-t-il donc rien d'autre ? Aucune autre sorte d'oubli ? Faut-il sombrer dans le néant pour que s'efface d'un coup tout ce qui étreint mortellement ? Réfugié dans Inès, j'oubliais le monde, je n'étais plus blessé. Mes angoisses, mes haines, mes amertumes chaviraient. Je ne connaîtrai jamais de tension et de déchirement semblables. Revenu à moi, je l'entendis encore haleter. Ce soir-là, elle sombra un moment dans un court sommeil. Ma main sur son flanc la réveilla.

— Il nous reste ça, lui dis-je.

— Oui, peut-être rien que ça !

— Pour moi, c'est tout !

— Tu le dis en ce moment, mais je suis sûre que quand tu es seul tu ne me pardonnes pas.

— C'est vrai.

C'était vrai à cette époque-là. Ce n'est plus aussi certain maintenant. Il m'est arrivé, dans les pages qui précèdent, de parler d'elle avec une émotion dont je me croyais incapable après tout ce que j'ai appris. Le temps a travaillé. Je ne savais pas qu'il pouvait travailler ainsi. Évoquer cette dernière nuit où nous nous sommes aimés gonfle mon cœur comme si j'attendais Inès sur le quai d'une gare, comme si nous allions nous élancer dans les bras l'un de l'autre et délibérément recommencer notre vie après avoir rejeté aux chiens tout ce qui nous meurtrit et nous sépare. Illusion tenace, contre laquelle je dois lutter de toutes mes forces. Le prix de mon silence aujourd'hui est de ne plus la revoir.

Aux premières lueurs de l'aube, je savais tout. Inès se leva et s'habilla sous mes yeux. Un par un, je vis disparaître les trésors que j'avais désirés, caressés, aimés. Au moment où la pudeur l'abandonnait, où nous allions vivre comme un seul corps, je la perdais. Je la perdais parce que la folie me guettait, parce qu'à force de questions, je venais de mettre à nu sa vie et que c'était intolérable. Elle partait plus belle que jamais avec, sous les yeux, le tendre cerne de l'amour. C'était fini. Un an de passion s'écroulait. Restait juste un peu de boue.

Je m'habillai à mon tour et nous descendîmes dans la rue à la chaussée grasse, aux trottoirs encombrés de poubelles. Paris dormait encore et nous cherchions un taxi en marchant côte à côte sans plus oser nous toucher. Dans la grisaille du petit matin, les réverbères alignaient leurs lampes jaunâtres. Nous croisions des chats, des chiffonniers, des filles qui rentraient harassées avec des visages verts. Nous ne parlions pas : il n'y avait plus rien à se dire. Je n'avais voulu la retrouver que pour être certain de l'avoir à jamais perdue. Ce fut elle qui héla un taxi rouge et sur le moment je lui en voulus parce que j'avais encore l'obscur désir de prolonger ces minutes, même atroces. J'hésitai avant de l'embrasser sur les deux joues bien que cela ne signifiât plus rien.

— Tu ne diras rien ? demanda-t-elle.

— Je te l'ai juré.

La portière claqua et je tournai le dos pour résister à la tentation d'un dernier adieu. Le taxi démarra. J'entends toujours le bruit de son moteur. J'entrai dans un café de la place Pigalle. Les derniers fêtards y débarquaient pour boire du café, manger des croissants, des saucisses chaudes. Leur indifférence me choquait. J'aurais voulu leur crier qu'ils avaient devant eux un homme qui venait de se ruiner tout seul. Mais je me suis tu. Commençait le grand silence et aussi cette course où j'allais buter comme un aveugle contre les obstacles qui me rappelleraient Inès : cafés, cinémas, théâtres, jardins, musées, vieux refrains que débitent les machines à sous dans les bars, tirs des champs de foire, et jusqu'à son nom dans un roman, dans l'Histoire, sur une marque de biscuits. Cette conspiration risquait de me coûter la raison. Il fallait partir.

À la fin du cours de cet après-midi, on m'a fait passer un mot du R. P. Léger qui demandait à me voir dans sa chambre. Il m'attendait, assis dans son fauteuil près de la fenêtre qui, ouverte, découpe un morceau du *campus :* le tertre de gazon et les gros chênes dont le feuillage épais cache la ville. Je n'aime guère ce genre d'entretien, où il faut toujours rester sur ses gardes. Le Père Léger a des douceurs et des fermetés qui me laissent hésitant, et puis surtout une façon d'attaquer les choses de biais que je crains.

— Notre Supérieur est très content de votre petit travail. C'est clair et net. Comme moi, il apprécie votre esprit cartésien, sans pour autant cesser de le déplorer.

— Cartésien, voilà un bien gros mot. Disons que j'ai été formé à l'école des méthodes de travail éprouvées.

— Il y a pourtant dans votre rapport une phrase que je n'apprécie pas beaucoup. Je dirais même qu'elle pourrait être considérée comme assez blessante pour nous Canadiens. J'ai peur que vous ne nous compreniez pas, que nos mœurs que vous qualifiez généreusement de bonnes, vous apparaissent, à travers notre littérature, comme des vestiges du passé. C'est à peine dit.

C'est murmuré. Je ne voudrais pas que mon indulgence à votre égard vous induisît en tentation d'ironie. Rappelez-vous seulement une chose qui explique notre attitude : nous sommes une minorité, nous sommes les Canadiens. Les autres sont les Canadiens anglais.

Il a refermé le livre qui reposait sur ses genoux et s'est levé pour marcher de long en large dans sa chambre, les mains enfoncées dans les poches de sa soutane.

— Je suis ennuyé d'avoir à vous dire certaines choses, très ennuyé.

— Mon Père, en quoi puis-je vous aider ? J'ai communié pour Pâques. Le Supérieur est satisfait de mon enseignement. Vous savez, je le pense, que les étudiants s'entendent parfaitement avec moi.

Il arrêta net sa marche et me jeta un regard que je ne sus pas déchiffrer :

— On dirait que vous me tendez la perche.

— La perche ?

— Oui, il s'agit d'une de vos étudiantes.

— Je suppose que vous voulez parler de Yolande Lafleur.

— Exactement.

— Mon Père, vous me rassurez.

Ces mots lui plurent. Il sourit et, me montrant le livre qu'il venait de poser sur une table, il ajouta :

— Je sais que Dante est une de vos lectures. Connaissez-vous sa *Consolation ?*

— Je crois même l'avoir sue presque par cœur. Les sceptiques ont facilement recours à des poètes pour parler à Dieu.

— Nous savons bien que vous êtes sceptique, mais la question qui me brûle est celle d'une certaine morale.

— J'en possède une, n'ayez crainte.

— C'est toujours au sujet de Yolande Lafleur que je vous dis cela. Vous avez fait des promenades en voiture avec elle. Avant-hier et hier soir, elle est venue à votre hôtel. Elle n'est repartie que vers minuit.

— Mon Père, j'admire votre police, mais j'avoue que ce genre de rapport détaillé me crispe. Je tiens cependant à vous rassurer : je respecte cette jeune fille et il y a des chances pour que je la respecte longtemps. Sa spontanéité, sa gentillesse et — pourquoi ne le dirai-je pas — son admiration me sont douces.

— Je vous comprends. Mais la règle de notre Université...

— Mon Père, vous m'avez fait confiance une fois. Ne recommenceriez-vous pas ?

— Si. Je vous l'accorde. Notre Supérieur est tout de même inquiet.

— En le rassurant, vous m'engagerez plus à respecter la parole que vous lui donnerez, qu'en me faisant surveiller.

Il a réfléchi avant d'acquiescer. Nous nous sommes serré la main, mais je ne me fais pas d'illusions. Il faudra manœuvrer serré.

Sur le *campus,* j'ai naturellement retrouvé Yolande qui m'attendait avec un de ses camarades, Félix Lechantre. Sans nous consulter, nous sommes allés vers la cafétéria en parlant à bâtons rompus. Félix m'a demandé comment il pourrait faire pour se procurer les œuvres complètes de Sade. Je lui ai répondu que ce n'était sûrement pas possible au Canada et que, précisément depuis quelques jours, je me demandais dans quelle mesure les lectures mal comprises sont responsables de certains crimes. Il a paru vexé. Yolande, ensuite, me l'a confirmé. Mais qu'y puis-je ? Le problème est de savoir si une jeunesse très saine — si saine que c'en est parfois irritant — est préparée à recevoir des auteurs dont la puissance trouble exerce quelque fascination. Que donnerait Sade dans ce terrain ? Peut-être rien, peut-être le pire. Michel avait fait de *Justine* son livre de chevet. Il en connaissait des passages par cœur et en avait projeté l'illustration dans un cahier secret qu'il montrait mais refermait dès qu'Inès apparaissait. J'avoue sans honte que Sade m'a toujours ennuyé. Je ne pense pas que l'on puisse le considérer comme un moraliste, ni même comme un immoraliste. Pour une phrase affûtée en lame de couteau, que de pages d'une désarmante et obscène mièvrerie. La passion de Michel pour Sade me paraissait gloutonne et primaire, la marque d'un esprit attardé aux rêveries de l'adolescence. D'après ce qu'Inès m'en a dit, il y avait dans sa fébrilité bien autre chose qu'une recherche aiguë du plaisir. Mais ce que je continue de ne pas comprendre, c'est la soumission d'Inès. À mes questions, pendant la terrible nuit des aveux, elle répondait toujours :

— Je ne sais pas ce qui me prenait. Je ne savais pas lui résister. Je lui obéissais.

— Et à partir du moment où tu m'aimais — puisque tu dis que tu m'as aimé, que tu m'aimes encore — à partir de ce moment-là, ne pensais-tu pas à moi ?

— Non, je ne pensais à rien. Ce n'était plus moi. Dès qu'il entrait dans ma chambre, j'avais mal partout, au ventre, à la poitrine. Ma gorge se serrait. Oui, c'est cela, je crois que j'avais peur.

— Et à Prieto ?

— À Prieto, ce n'était déjà plus la même chose. D'abord tu dormais dans la chambre au-dessous de moi, et j'avais honte. Je ne pouvais plus supporter Michel sans pourtant trouver le courage de le chasser.

— Il s'en apercevait ?

— Trop bien ! Un soir, il m'a battue. Et puis le lendemain, il est venu avec Jean...

Ces mots me sont entrés dans le cœur pour le labourer, mais j'ai tout de même voulu savoir, au risque d'être aveuglé par la lumière crue. Le château de cartes s'effondrait. L'image pure et pathétique d'Inès le cédait à une autre que je n'avais pas le courage de qualifier d'immonde ou d'obscène parce qu'elle n'était sans doute telle que dans mon esprit. La folie particulière de Michel pouvait tout expliquer.

Allongé contre Inès, son corps recouvrant à moitié le mien, le désir enfui après l'amour, je me suis efforcé au plus grand calme, avec une pensée pour les jours à venir qui allaient être, qui ont été terrifiants. Un pan de mur s'écroulait pour, soudain, découvrir un monde étranger au mien. Je ne dois pas cacher que j'éprouvai un certain vertige, le même vertige que Michel devant les infortunes de *Justine*. Je me voyais mêlé à eux, entraîné par eux, pareil à eux, comme si j'avais toujours refusé de me l'avouer. Cette friabilité de chacun de nous, parfois, m'inquiète. Où se cache notre vraie nature, et de quelle métamorphose est-elle capable ? Je crains la contagion. Ainsi certains jours, je m'imagine retrouvant Inès, effaçant d'un coup le passé qui a tué entre nous, non pas l'amour — car je l'aime toujours —, mais la sorte d'amour que je lui portais. Mon expérience est mince, mon imagination pauvre et je ne sais pas donner un nom aux sentiments aigres-doux, parfois déchirants, que je conserve pour elle. Et si je dis que je l'aime encore c'est parce que Yolande me l'affirme.

Oui, comme le Père Léger l'a su, elle est venue deux soirs de suite à mon hôtel pour que je lui lise ces pages. Pelotonnée dans un fauteuil, sirotant un Coca-Cola, elle a écouté cette confession bizarre dont je n'ai sauté que les lignes où je parle d'elle sans beaucoup de générosité.

— Mais, Olivier, c'est fou ce que vous l'aimez ! Elle vous blesse à chaque instant. Son image est là toute vive, brûlante, amère.

— Vous croyez ?

— J'en suis certaine.

— Alors ?

— Alors, vous n'avez pas tout écrit.

— C'est impossible. Ma main s'y refuse.

— Inès n'a pas tué Michel ?

— Non.

— Je l'ai cru un moment. C'est donc Jean ?

— Oui.

Ses yeux se sont remplis de larmes.

— Pourquoi pleurez-vous ?

— J'ai aussi craint que l'assassin fût vous. Je pensais que vous mentiez par instants.

— Vous êtes très dure, Yolande.

— Ne me dites pas ça. Je vous aime.

Elle s'est mouchée après avoir séché ses yeux. Son nez avait rosi. Je le lui ai dit et nous avons ri. Le nuage venait de passer et je respirais mieux. Nous sommes sortis pour nous promener dans les rues en pente du vieux Québec. Derrière ces volets clos, ces maisons grises, dormaient des êtres probablement sans passions et sans grands bonheurs. Je me demandais ce qu'il vaut mieux choisir dans la vie, si le désespoir n'est pas la rançon trop lourde de toute exaltation et si nous sommes réellement de taille à supporter cette glace et ce feu.

Seul le bar du Château Frontenac était encore ouvert. Nous y sommes entrés pour nous faire servir un alcool dans le grand salon pompeux où somnolaient quelques Américains le verre en main. Un ennui paisible stagnait dans le hall démesuré. Yolande a bu avec une moue d'enfant. Elle voulait encore savoir :

— Je ne comprends pas tout. Pourquoi Jean ? Est-ce que Michel obligeait Inès à...

— Oui. Ne le dites pas. Il y a des choses dont on ne peut pas parler sans risquer qu'elles nous infectent un peu.

— C'est monstrueux ! Comment a-t-elle pu ?

— Elle a pu une fois. La seconde fois, elle a jeté Jean sur lui. C'était un garçon simple, mais je crois que malgré son « amitié » pour Victor, il aimait aussi Inès. Et qui ne l'aimerait pas ? Je ne sais pas ce qu'elle a pu lui crier, peut-être ce qu'elle hurlait les soirs de boxe quand il martelait son adversaire. Je n'avais jamais que deviné — sans y croire vraiment — la violence sourde de sa nature. Un jour, cela devait exploser.

— Et Victor ?

— Victor a tout appris. Pour sauver Jean, il a aidé à transporter Michel sur la plage et à l'enfouir sous un tumulus de galets sur lequel, avec son goût des mises en scène grotesques, il a planté une dérisoire croix de bois. C'est lui aussi qui a volé la gourmette en or pour la cacher dans les affaires de Carlo et le faire arrêter.

— Venez. Je n'en peux plus.

Nous sommes ressortis, en passant par la grande

terrasse qui domine la ville et le Saint-Laurent jalonné de lumières. Une moitié de lune glissait sous des nuages wagnériens. Yolande frissonnait. Je l'ai prise par la taille et nous avons marché vers le haut de la ville, jusqu'à la plaine d'Abraham qu'a éclairée soudain une clarté glauque tombée du ciel déchiré. Là, avait été blessé mortellement Montcalm, là nous avions perdu le Canada. C'est un bien triste lieu pour un Français. Des ombres y errent entre les grands arbres qui bruissent dans le vent. Mais la terre est muette. Depuis longtemps elle a bu le sang des Français de Montcalm et des Anglais de Wolfe.

— Je sais à quoi vous pensez, a dit Yolande.

— J'étais loin d'Inès, de toutes ces choses horribles dont nous venons de parler.

— Venez, retournons vers la ville.

Nous nous tenions la main. La fraîcheur de la nuit nous forçait à presser le pas. J'ai accompagné Yolande devant sa maison. Elle a poussé la barrière qui n'a pas grincé.

— Yolande, je n'ai pas envie de vous quitter.

— Moi non plus. Mes parents dorment au premier étage. Ils n'entendront rien si vous ôtez vos chaussures. Nous resterons dans le salon.

Je me suis déchaussé sur le pas de la porte et à tâtons nous sommes entrés dans un couloir encombré de portemanteaux, puis dans une pièce où elle m'a tiré par le bras vers un canapé.

— Voulez-vous boire quelque chose ?

— Oui, de l'eau.

Elle est partie vers la cuisine et quand elle est revenue mes yeux s'étaient habitués à l'obscurité. J'ai deviné sa silhouette plus claire, ses gestes de femme pour me servir le verre sur un plateau, puis pour s'asseoir à l'autre bout du canapé, ses jambes repliées sous elle.

— Olivier, il faut que je vous dise tout, moi aussi.

— Quoi ?

— Ce Carlo, ce maître baigneur, vous l'avez laissé condamner ?

— Il n'a jamais avoué. Son procès ne viendra que cet été.

— Vous laissez faire ?

— J'ai donné ma parole à Inès. Je sais, c'est horrible, et croyez bien que ça me pèse, qu'un remords me poursuit constamment, mais je n'y peux rien, j'ai juré. Le secret ne m'appartient pas. Oui, c'est horrible.

— Olivier, vous ne pouvez pas laisser faire ça. Ce n'est pas possible.

— Si je parle, Jean est capable de tuer Inès parce qu'elle m'aura parlé.

— Et alors ?

— Je ne veux pas. Je tiens encore à elle, même si je ne la revois plus jamais.

— Vous n'avez pas le droit.

— Personne non plus n'avait le droit de me faire ce mal. Vous ne pouvez pas savoir ce que c'est que de souffrir.

Le salon où nous nous trouvions était imprégné d'une odeur vieillotte de meubles trop bien cirés, peut-être même de confiture, qui me rappelait les intérieurs lyonnais isolés du monde extérieur par d'épais rideaux de cretonne à fleurs. À partir du canapé en tapisserie, des napperons au crochet sur les accoudoirs des fauteuils, du tisonnier, des pinces et de la pelle en cuivre qui luisaient à l'angle de la cheminée, d'un bouquet de roses artificielles posé sur un guéridon, de l'horloge à carillon dans le vestibule, j'imaginais sans peine les mœurs de la famille Lafleur. De quel droit mêlais-je la paisible Yolande à cet épisode si trouble de mon existence ? Personne ne pouvait partager mon fardeau.

— Vous n'avez pas le droit ! a répété Yolande.

— Le droit de quoi ?

— De laisser condamner un innocent.

— Croyez bien que j'y ai pensé ! D'abord, j'espère que faute de preuves on l'acquittera. Ensuite, je me suis dit que le sort d'un homme entre des millions d'autres est de peu d'importance. Carlo était une petite canaille.

— Jean aussi.

— Non. C'est un brave garçon, légèrement brute, et qu'on a jeté dans des complications que son intelligence assez simple n'a pas su résoudre. Il a tué, mais il est innocent. Le seul vrai coupable est mort.

— Inès est coupable comme lui.

— Yolande, vous êtes trop jeune pour comprendre que la culpabilité des femmes est relative, qu'il y a trop d'heures de la nuit où elles ne se ressemblent pas.

— Alors pourquoi n'avez-vous pas repris Inès ?

— À cause du secret. Il nous aurait rongés. Nous nous serions haïs.

Tard encore dans la nuit, nous avons parlé. Même l'indignation, même l'incompréhension de Yolande me faisaient du bien. Auprès d'elle, je retrouvais un équilibre aux sentiments qui m'agitent d'ordinaire avec tant de violence. J'ai dû partir vers quatre heures du matin, après l'avoir embrassée sur la joue. Il est juste que ces confidences lui aient rendu tout espoir impossible. Le Père Léger peut dormir sur ses deux oreilles. Il n'y aura pas de scandale à l'Université parce qu'une jeune fille au cœur sensible a choisi d'aimer son professeur plutôt que ses camarades de cours. J'en suis à la fois triste et apaisé : c'est le renoncement à l'oubli et au salut. Me voici près d'envier les bonheurs paisibles, ceux où les sens ont l'indulgence de sommeiller, et les sentiments de ne vouloir s'égaler à rien d'éternel. Reste à espérer qu'un jour l'amour et l'amitié qui savent parfois si bien se ressembler me feront la grâce de se prendre l'un pour l'autre.

Après notre conversation maladroite sur Sade, Félix Lechantre et Yolande m'ont accompagné à pied jusqu'à mon hôtel. J'ai bien senti que le garçon ne voulait pas la quitter, que peut-être même il savait. Ça ne m'a pas déplu d'avoir quelque peu troublé les sentiments qui les lient l'un à l'autre. Ils ne se retrouveront que mieux. L'amour a besoin d'inquiétude pour se survivre.

L'été approche. Je pars le samedi et le dimanche pour de longues randonnées dans les environs, à la recherche de belles forêts et de lacs paisibles. J'y fais des rencontres sans lendemains avec des chasseurs, des couples de campeurs, des équipes de bûcherons, et, la semaine dernière, un ingénieur français qui travaille dans une mine voisine, Marc Andreau, un Angevin. Son parler très doux résonne agréablement à mes oreilles. J'ai fini par m'habituer à l'accent canadien, et Yolande qui a suivi à Montréal des cours de diction pour s'en débarrasser passe toujours à mes yeux pour une Française, tandis que je supporte mal la diction de Félix et de ses camarades quand ils citent Stendhal ou Racine. Andreau m'a raconté qu'il est venu ici pour gagner des montagnes d'or, mais que deux ans ont passé sans que ses rêves se réalisent. Peu lui importe d'ailleurs. Ses ambitions se sont transformées. Ce pays lui plaît. Il a choisi d'y vivre de toutes ses forces, partant à pied pour la chasse pendant trois jours avec des trappeurs.

À un mot, j'ai compris qu'il s'était expatrié pour oublier quelqu'un, mais que ses souvenirs l'avaient d'abord poursuivi avec une violence accrue avant de changer brusquement de ton. Maintenant, ils lui sont très doux.

Nous nous sommes donné rendez-vous en juillet pour un voyage en canoë sur un des affluents du Saint-Laurent. À son exemple, je me suis mis à la marche. Des excursions tuantes m'ont conduit en montagne dans des régions désertes où, tout d'un coup, la vue embrasse un paysage solennel aux tons crus : lacs de turquoise, forêts vertes et dorées, glaciers incandescents au soleil. Je dors dans des cabanes et me réveille au petit matin, métamorphosé, limpide. Le meilleur signe d'une guérison proche est ma première pensée du jour. Depuis quelque temps, elle n'est plus immanquablement pour Inès. Ces solitudes et ces beautés en marge desquelles je vivais ignorant me serrent le cœur depuis que je les découvre. Je voudrais les laisser entrer en moi pour y prendre la place de ce qui me tourmente encore. Épuisé, mais calmé, je regagne Québec où je n'ai jamais l'impression de vivre ma propre vie. Pendant mes cours, dans la journée, je suis un *autre.* Et cet autre continue d'envier l'ancien Olivier dont la sensibilité est morte, dont le désarroi et la maladresse étaient encore des signes de vie.

Yolande ne m'a plus parlé de rien. Quand nous nous rencontrons, elle m'adresse des sourires contraints. Félix ne la quitte pas. Je pense au mot de Giraudoux sur les êtres qui ne sont placés sur notre chemin que pour nous apporter des leçons, des signes ou des devoirs.

Encore trois heures et l'*Empress of Canada,* en provenance du Havre, apparaîtra, dans le lointain, à ce grand coude que fait le Saint-Laurent en aval de Québec. J'irai au-devant et, par la route qui longe le fleuve, je l'accompagnerai jusqu'à Montréal où se fait le débarquement. À peine quelques heures me séparent encore d'Inès. Ce matin, je me suis regardé dans le miroir de la salle de bains et j'ai découvert des cheveux gris sur les tempes, des yeux enfoncés dans leurs orbites, un front barré de trois rides légères. Le visage de ma jeunesse a mué. Je me souviens de belles réflexions de Brasillach sur la trentaine. Le voilà donc cet âge crucial qui doit être l'âge des décisions. Celle que je viens de prendre restait latente depuis mon arrivée. Il paraît que j'étais seul à ne pas m'en douter.

Je me demandais aussi depuis longtemps ce que signifiait ma rencontre avec Yolande. Ballu devait me faire connaître Inès, Odile retarderait notre union, M. Barbe nous emmènerait en Italie pour qu'éclatât le drame, Jean tuerait Michel. En revanche, Yolande m'apparaissait dénuée de sens et je me demandais encore récemment comment j'aurais pu m'intéresser à elle si, après la nuit des confidences, elle avait de nouveau cherché à me voir. Elle s'est effacée sans pourtant que je cesse de deviner en elle, à chacun de nos brefs revoirs, des élans qu'elle ne sait pas maîtriser. Cependant elle restait un épisode. Sa place dans la comédie — ou le drame — qui se jouait en moi n'était pas claire. Elle demeurait une comparse, je dirais presque une cheville. J'attendais d'elle encore quelque chose d'imprévu. Il y a des valets de tragédie qui traversent la scène sans dire un mot, mais ils apportent sur un plateau la lettre qui doit faire chavirer l'action trop lente. Yolande n'avait peut-être pas d'autre objet que de me forcer à finir la partie de ce récit qui m'a tant brûlé, avant d'arriver elle-même un après-midi avec un de ces journaux français que je lis rarement. Sans elle, l'article relatant la mort de Jean m'aurait échappé.

Je revois l'heure : nous étions dans le hall de mon hôtel. En haut, mon sac de voyage était prêt. J'allais partir rejoindre l'ingénieur français Marc Andreau pour descendre avec lui la rivière des Hurons. Dès le début des vacances, j'avais mené une vie saine et très harassante. Pour moi aussi le calme revenait. Les souvenirs s'acclimataient. Certains traînaillaient encore par lambeaux, mais après des journées de marche ou de canoë, je sombrais dans des sommeils si profonds qu'ils m'engloutissaient tout entier. La guérison approchait. Non pas la guérison totale, mais celle qui permet de respirer l'air qui nous entoure, de s'en emplir les poumons sans crainte de provoquer au passage le petit sifflement rauque de cet asthme inguérissable que sont les peines de corps que l'on prend pour des peines de cœur.

La mort de Jean remettait, soudain, tout en question.

Trente lignes relataient son dernier combat et le coup à la tempe qui l'avait plongé dans le coma pendant quarante-huit heures. Il s'était éteint sans avoir retrouvé sa lucidité, emportant avec lui le secret de Prieto. Maintenant seule Inès pouvait témoigner de l'innocence de Carlo. Et elle le pouvait sans crainte.

— Qu'allez-vous faire ? a dit Yolande.

— Rien. Je pars pour une longue excursion. Je serai de retour au début de septembre. J'aurai deux mois pour préparer mon cours de la prochaine année universitaire. À la vérité, j'espère revenir plein d'une insolente santé. Serez-vous encore parmi mes étudiants ou comptez-vous changer de section ?

— Vous ne pouvez pas faire cela !

— Moralement non, bien sûr. Pratiquement, c'est la seule solution.

— Je ne vous verrai plus jamais.

— C'est votre droit.

— Pourquoi m'avez-vous raconté toutes vos histoires ?

— Pourquoi m'avez-vous dit que vous m'aimiez ?

Ses yeux se sont embués, j'ai eu pitié d'elle, de nous tous qui souffrons tant de l'injustice et de l'absurde. C'est sans remède.

— Ne m'en veuillez pas, Yolande. Je vais bien depuis quelque temps. J'ai faim, j'ai soif. La nuit, je dors. Le jour, je respire.

— Ce n'est pas vrai. Vous êtes infirme. Si vous ne l'étiez pas, je serais restée près de vous.

— Infirme ?... Tout est possible.

— Mais Carlo, ce pauvre type !

— Ces sentiments vous honorent. Ne pensez-vous

tout de même pas que c'est à Inès de parler la première ? Elle ne m'a jamais écrit, jamais fait un signe.

— J'ai cru Inès orgueilleuse, mais pas vous. C'est peut-être le contraire...

Nous nous sommes séparés devant la porte de l'hôtel. Je l'ai regardée monter la rue. Elle portait une robe claire qui amincissait sa silhouette. J'aimais ses cheveux, quelques-uns de ses gestes, son beau regard qui brûlait ou se voilait. Nous aurions pu nous entendre, mais elle avait raison : je n'étais qu'un infirme...

En voiture, j'ai suivi la route, puis la piste qui mène aux chutes des Hurons. Nous nous sommes retrouvés dix au bord de la rivière : deux Français, Marc Andreau et moi, deux Anglais, six Canadiens. La descente a duré une semaine coupée de séances de portages, de brèves incursions dans la forêt, de haltes nocturnes dans les cabanes de bûcherons. Dévoré par les moustiques, trempé par l'écume des rapides dans la journée, grelottant la nuit, j'ai subi vaillamment l'épreuve. Le danger accaparait toute mon attention et c'est à peine si, pendant les pauses, je pensais à la mort de Jean. Notre équipe se parlait peu. À part les cris des guides du canoë de tête, je crois que nous n'entendions pas chacun plus de dix mots par jour. En arrivant au but, à l'instant de nous séparer, Marc m'a dit non pas au revoir, mais adieu.

— Mon contrat est terminé. Je quitte la mine et je rentre en France. Je suppose que vous aviez deviné pourquoi je suis venu ici.

— Un peu.

— Alors, voilà, c'est fini. Maintenant, je suis en fer. Bientôt, vous le serez aussi.

Il me semble que, pour la première fois, je voyais cet homme dont je n'avais recueilli jusqu'ici que de rares paroles : un beau visage carré aux cheveux ras. L'air du Nord a rougi sa peau. Sous les épais sourcils brillent deux yeux limpides. La bouche est mince, mais la voix est grave et pure. J'ai pensé qu'une faible femme avait été assez forte pour ébranler cette statue. À ses yeux, il ne devait être qu'un homme battu. Et moi ? Qu'étais-je dans le souvenir d'Inès, quelle image gardait-elle ? Dans mon amour-propre, saignait encore une grave blessure. Je n'avais pas cherché à protéger Inès, je l'avais abandonnée à son sort, aux menaces de Jean, à la solitude. Tempérée d'un peu de pitié, ma passion eût mérité un plus beau nom. Les sentiments entiers nous dévorent. Tout serait plus facile si les femmes ne croyaient pas toujours que nous leur pardonnons par faiblesse, non par amour, le mal qu'elles nous ont fait, qu'elles nous feront. Avais-je le droit de prétendre aimer Inès puisque je me refusais à comprendre que sa double faute ne lui ressemblait pas, qu'au contact de Michel elle n'était pas la même ? Cette emprise secrète d'un être maléfique sur un être désarmé, je n'y avais pas assez songé. Je n'en mesurais pas la secrète puissance. Aujourd'hui encore j'hésite à y croire, et si, dans ces pages, j'ai peu parlé de Michel, c'est que, pour moi, son visage est resté dans l'ombre. Je le détestais, ai-je dit, pour rien, pour l'honneur, mais ma haine ne le poursuivait pas. Bien au contraire, elle s'évanouissait hors de sa présence. Inès avait l'adresse de dire, de temps à autre, qu'il venait dîner chez elle et sa mère, qu'ils allaient au cinéma ensemble. Ces aveux espacés égaraient un soupçon de jalousie. Je le voyais presque tous les jours à l'atelier, et je ne lisais rien dans ses yeux. Comment ai-je pu passer à côté de celui qui sapait mon bonheur? Oui, j'étais bien naïf. La question est de savoir si je le suis encore autant, si l'existence de solitaire que j'ai menée depuis mon arrivée à Québec, si les mille pensées que j'ai remuées me permettront de vivre avec Inès sur un plan qui effacera le passé. Maintenant, je sais : il faut jouer sa vie, il faut savoir son rôle. L'improvisation est un exercice d'équilibre où l'on risque de trop belles chutes.

Au retour de l'excursion dans les rapides des Hurons, j'ai trouvé une convocation de la police. Inès avait parlé. On demandait mon témoignage pour le transmettre à Paris. Carlo serait libéré. Cela ne m'ôtait aucun poids du cœur. C'est à peine si, en un an, j'ai regretté deux ou trois fois l'injustice qui le frappait. Son sort, celui de milliers d'autres hommes innocents et torturés de par le monde, m'était indifférent. Et puis, il y a eu la lettre d'Inès avec ces trois mots : « Me reprendras-tu ? » Trois mots qui ont suffi pour que je chancelle.

Je la reprends : pour son visage, pour sa voix, pour ses mains, pour le plaisir qu'elle donne, pour cette révélation qu'elle a été, pour le mal qu'elle m'a fait, pour ne pas avoir enduré en vain ce que j'ai enduré. L'Inès que j'attends s'est dépouillée de l'éclat que je lui prêtais. Je la vois meurtrie et tendre, faible et violente, coupable et vulnérable. Qu'importe! Je retrouverai intacte sa présence physique. Je puis me dire que je suis un lâche, que la femme qui m'a trompé ainsi est à repousser au loin, à fuir. Mais auprès de qui d'autre trouverai-je l'égarement qu'elle a glissé en moi comme une drogue ? Nous avons perdu une sorte de bonheur parfait. Il nous en reste des morceaux. Je sens déjà que le premier sourire que nous allons échanger, que notre premier embrassement vont renouer avec la paix. Une paix fragile qu'elle est seule capable de briser de nouveau. J'apprendrai à vivre dans la crainte, mon bien sans cesse menacé. Aimer autant un être, c'est, sans doute, se damner. Je n'en ai pas peur. Le bien ? Le mal ? Ce serait trop facile de s'en tirer avec des distinctions aussi grossières. La vie vient de m'apprendre que c'est le mal qui triomphe comme le Seigneur l'a voulu, espéré, permis. Tous ceux qui luttent pour le bien, luttent contre Lui et ne tendent qu'à retarder l'explosion finale. C'est Satan qui a inventé le bien pour jouir plus longtemps encore de nos tortures. Dans la fin du monde par le mal, Dieu saura partager ceux qui, dans le mal, restaient purs, et ceux qui n'étaient qu'impurs. C'est le seul Jugement dernier que j'entrevoie.

Positano, août 1955.
Paris, septembre 1956.

POSTFACE

Je sais ce qu'il y a de hasardeux — et peut-être d'immodeste — à republier un roman paru en 1956, même si ce roman connut, à l'époque, un certain succès, en fait mon premier réel succès public, après quelques tâtonnements. À le relire aujourd'hui, je vois bien ce qu'il évoque : un été en Italie, à Positano où, d'une petite chambre rustique, perchée sur une falaise, j'apercevais la mer, une anse sauvage, le dôme couleur de cassate de l'église. Les images cueillies de ma fenêtre ont dû être bien vives car Positano, où je ne suis repassé que deux fois quelques heures en trente ans, a tenu une place distinguée dans mon imaginaire : j'ai utilisé ce cadre pour la nouvelle qui donne son titre au recueil : « Un parfum de jasmin »*; un chapitre de* Tout l'amour du monde *est daté de Positano; c'est à Positano encore que la Sarah des* Poneys sauvages *reçoit une balle qui, en pénétrant au-dessus du sein, lui dessinera une cicatrice en forme d'étoile. Bien que Positano ne soit pas nommé, c'est là que se déroule, dans mon esprit, le début des* Trompeuses espérances *encore que l'on n'y voie pas la vie du village et que le lieu du crime soit inventé mais plausible, la côte entre*

Massa Lubrense et Amalfi étant semée de criques encore sauvages et d'un grand charme.

Peut-être faudra-t-il un jour tenter de définir la personnalité de la « muse du lieu ». Plusieurs fois dans la vie, et à des endroits très divers, j'ai rencontré cette curieuse inspiratrice : à Perpignan attablé à la terrasse de la Loge ; près de Malagà, à Torremolinos, à une époque où ce n'était qu'un village de pêcheurs ; à Spetsai, en Grèce, où je suis allé m'asseoir tous les matins dans les touffes de thym près du phare, avant que nous construisions une maison à cet emplacement même ; à Sintra où nous vivions en bordure d'une des plus belles forêts du monde ; à Oakland où une jeune fille aux yeux bridés me servait du thé sur le balcon face à la Porte d'Or ; au cap Ferrat dont j'ai certainement abusé dans bien des romans ; au Weir, en baie de Galway où le flux en submergeant des îlots lève des nuages de courlis et de goélands.

Si puissante est l'imprégnation de ces lieux que — oubliant parfois que je me répétais — je me suis servi de leur cadre pour raconter des histoires très diverses et purement imaginaires. L'intrigue des Trompeuses espérances *part donc bien d'un lieu qui « pourrait » être Positano où, en effet, un jour, descendant à la plage, j'ai croisé, dans le sentier de chèvres, un groupe d'amateurs sagement occupés à peindre ou dessiner le paysage sous la houlette d'un grand et gros homme en costume d'alpaga beige, coiffé d'un panama d'artiste. Aucun de ses fervents et dociles écoliers — dont je précise que les âges variaient entre trente et soixante-dix ans — non, aucun n'aurait pu m'inspirer l'histoire quasi policière qui occupe ces pages. Il n'y avait pas non plus* réellement *d'Inès parmi eux bien que j'eusse rencontré son modèle en la personne d'une jeune fille d'une grave beauté qui vivait dans une maison envahie par le jasmin. Sans aucun scrupule, je lui ai emprunté son visage et même peut-être certains de ses gestes et la grâce de ses mains, la raucité de sa voix.*

Les romans naissent par des voies secrètes dont on n'a conscience que bien des années après. Si l'écrivain est un bon alchimiste on n'y verra rien, à moins qu'il n'avoue les emprunts que, au cours de son récit, il a embellis, magnifiés, édulcorés ou précipités dans l'absurde. Disons donc que je connaissais une Inès qui n'était pas Inès, qui n'avait pas le même caractère et n'offrait pas le même genre de beauté. Assez inconsciemment, je cherchais à exorciser son lancinant souvenir en la jetant dans une aventure romanesque dont l'issue restait incertaine. L'opération ne fut pas entièrement satisfaisante et il fallut encore un autre roman pour tourner la page. Si j'ose dire.

D'un compromis entre des éléments aussi divers, aussi étrangers à ce qui me préoccupait en réalité et que je dissimulais, dents serrées, vient la forme des Trompeuses espérances. *Pourquoi ces brisures dans le récit — que j'ai d'ailleurs atténuées dans la nouvelle version qu'on vient peut-être de lire —, oui pourquoi ces brisures, sinon parce que les aveux passent mal la gorge de celui qui écrit « je » et déclare se nommer Olivier ? Il a souffert dans son orgueil et sa vanité. Il a honte d'avoir été aussi naïf. Les rendez-vous manqués l'ont humilié. Ainsi se justifient les retours en arrière et les brusques bonds en avant qui révèlent les hésitations du personnage, hésitations qui sont aussi celles de l'auteur forcé par un autre lui-même dans sa réserve et sa pudeur. Du moins puis-je l'expliquer après coup de cette façon-là car, pendant le temps où j'écrivis ce roman, l'idée même d'une technique particulière ne m'effleura pas, et je subissais plus que je ne le commandais le déroulement du drame qui unissait et séparait Inès et Olivier.*

Peu d'indications permettent de dater ce roman et je suis heureusement surpris en le relisant — après l'avoir oublié et rejeté dans un passé qui ne m'intéresse plus — qu'il soit si dégagé de l'année où il fut écrit. Conçu à une époque ou le roman engagé était encore une mode, Les trompeuses espérances *sont un récit superbement indifférent à ce qui hantait notre vie quotidienne : les séquelles de la guerre mondiale, la chute de Diên Biên Phu, les débuts de l'insurrection algérienne, le chaos politique de la IVe République. Deux brèves notes permettent cependant de situer le roman : le brigadier Giacomino a été blessé sur le front de l'Est où il a fait partie des régiments envoyés par Mussolini contre Staline ; l'oncle d'Inès a été un général coco épurateur pendant la guerre civile d'Espagne. Et encore cela ne pèse-t-il en rien sur l'action. Les héros de cette histoire ne se préoccupent que d'eux-mêmes. Ils font partie de la majorité égocentrique. Autour de M. Barbe, on vit dans les « hautes sphères de l'Art » en convoquant sans cesse Ingres ou Gauguin ; Jean ambitionne d'être un grand boxeur ; Michel joue les Malraux du pauvre ; Inès et Olivier vivent une passion contrariée.*

Peut-être en est-il ainsi dans la vie beaucoup plus qu'on ne croit. La critique ne s'est pas trompée qui a parlé de « désinvolture » et même d'une « école de la désinvolture » parce qu'elle rêve toujours d'élèves bien sages, rangés par classes, surveillés par des pions. Il faut pardonner à la critique : elle a trop de livres à lire et pas toujours assez de clés pour en découvrir le secret qui est ici des plus simples, qui est si évident même que, je l'espère, il crève les yeux : Les trompeuses espérances *racontent une histoire où le désir entre pour beaucoup.*

M.D.
Tynagh, avril 1989.

ŒUVRES DE MICHEL DÉON

- *Aux Éditions Gallimard*

JE NE VEUX JAMAIS L'OUBLIER, *roman* (Folio).

LE BALCON DE SPETSAI, *récit.*

UN PARFUM DE JASMIN, *nouvelles.*

LES PONEYS SAUVAGES, *roman* (Prix Interallié).

UN TAXI MAUVE, *roman* (Grand prix du roman de l'Académie française).

LE JEUNE HOMME VERT, *roman.*

THOMAS ET L'INFINI, illustré par Étienne Delessert.

LES VINGT ANS DU JEUNE HOMME VERT, *roman.*

DISCOURS DE RÉCEPTION DE MICHEL DÉON À L'ACADÉMIE FRANÇAISE ET RÉPONSE DE FÉLICIEN MARCEAU.

UN DÉJEUNER DE SOLEIL, *roman.*

« JE VOUS ÉCRIS D'ITALIE... », *roman.*

LA MONTÉE DU SOIR, *roman.*

MA VIE N'EST PLUS UN ROMAN, *théâtre.*

DISCOURS DE RÉCEPTION DE JACQUES LAURENT À L'ACADÉMIE FRANÇAISE ET RÉPONSE DE MICHEL DÉON.

UN SOUVENIR, *roman.*

LES TROMPEUSES ESPÉRANCES, *roman* (Folio).

LOUIS XIV PAR LUI-MÊME (Folio).

LE PRIX DE L'AMOUR, *nouvelles.*

ARIANE OU L'OUBLI, *théâtre.*

PARLONS-EN..., *conversation avec Alice Déon.*

PAGES GRECQUES, *récits.*

Aux Éditions de la Table Ronde

LA CORRIDA, *roman* (Folio).

LES GENS DE LA NUIT, *roman* (Folio).

MÉGALONOSE, *pamphlet.*

TOUT L'AMOUR DU MONDE, *récits* (Folio).

MES ARCHES DE NOÉ, *récits* (Folio).

LA CAROTTE ET LE BÂTON, *roman* (Folio).

BAGAGES POUR VANCOUVER, *récits* (Folio).

Aux Éditions Fayard

DISCOURS DE RÉCEPTION D'HÉLÈNE CARRÈRE D'ENCAUSSE ET RÉPONSE DE MICHEL DÉON À L'ACADÉMIE FRANÇAISE.

Aux Éditions Fasquelle

LETTRE À UN JEUNE RASTIGNAC, *libelle.*

FLEUR DE COLCHIQUE, avec des eaux-fortes de Jean-Paul Vroom.

À La Librairie Nicaise

HISTOIRE DE MINNIE, eaux-fortes de Baltazar.

BALINBABOUR, eaux-fortes de Baltazar.

LE BARBARE AU PARADIS, eaux-fortes de Baltazar.

Aux Éditions Cristiani

OUEST-EST, illustré par Jean Cortot.

Aux Éditions Matarasso

TURBULENCES, eaux-fortes de Baltazar.

UNIVERS LABYRINTHIQUE, illustré par B. Dorny.

HU-TU-FU, eaux-fortes de Baltazar.

Aux Éditions La Palatine

UNE JEUNE PARQUE, eaux-fortes de Mathieux-Marie.

Chez Alain Piroir

SONGES, eaux-fortes de Baltazar.

Composition Bussière
et impression S.E.P.C.
à Saint-Amand (Cher), le 14 mai 1993.
Dépôt légal : mai 1993.
Numéro d'imprimeur : 1063-936.
ISBN 2-07-038735-6./Imprimé en France

64073